石崎洋司 作
かしのき彩 画

心《しん》霊《れい》探《たん》偵《てい》 ゴーストハンターズ 2

遠足も教室も
オカルトだらけ!

岩崎書店

王免小学校《おうめんしょうがっこう》のなかまたち……4

MISSION 1

怪奇《かいき》! 呪《のろ》いのキューピー人形!!

1 心霊探偵団《ゴーストハンターズ》、勝負《しょうぶ》をいどまれる……8
2 さっそく心霊相談《しんれいそうだん》が……29
3 血《ち》の涙《なみだ》のひみつ……46
4 心霊探偵団《ゴーストハンターズ》、解散《かいさん》?……67
5 そして、ふたたび人形が……89

MISSION 2

恐怖《きょうふ》！ 王免《おうめん》小の〝うつらない鏡《かがみ》〟!!

1 なぜだか、鏡《かがみ》のふしぎな話ばかり…… 112

2 こわい話なんて、ただの思いこみ？…… 129

3 必死《ひっし》になる先生たち…… 148

4 王免《おうめん》小の鏡《かがみ》の伝説《でんせつ》…… 168

5 春菜《はるな》が選《えら》ばれた!?…… 189

上月《こうづき》さくらの心霊《しんれい》！ 仕事人《しごとにん》ワンポイント講座《こうざ》…… 214

あとがき 人形と鏡《かがみ》はこわい！…… 220

王《おう》免《めん》小学校のなかまたち

一条春菜《いちじょうはるな》

4年1組。元気で明るい転校生《てんこうせい》。このお話の主《しゅ》人公《じんこう》。霊感《れいかん》がないと思っていたけれど目覚《めざ》める予感《よかん》？

冬月美湖《ふゆつきみこ》

5年1組。フランス帰りの物静《ものしず》かな知的美少女《ちてきびしょうじょ》。霊感《れいかん》がある。外国の魔《ま》法《ほう》、動物霊担当《どうぶつれいたんとう》。

二宮拓海《にのみやたくみ》

6年2組。イケメンで頭がよさそうだけどひみつの弱点《じゃくてん》がある。霊感《れいかん》がある。地縛霊《じばくれい》、浮遊霊《ふゆうれい》担当《たんとう》。

上月《こうづき》さくら
3年2組。明るく元気いっぱい。代々《だいだい》拝《おが》み屋《や》の家系《かけい》で、祖母《そぼ》から霊感《れいかん》をうけついでいる。お祓《はら》い担当《たんとう》。
赤《あか》松《まつ》玄《げん》太《た》
5年2組。見かけはがさつだけどじつはいいやつ。霊感《れいかん》がある。荒《あら》ぶる霊担当《れいたんとう》。
心霊探偵ゴーストハンターズ

どんな
事件《じけん》かな?

きっと
だいじょうぶよ

どきどき
するぜ!

ま、おれは
問題《もんだい》ないし

あっ
はじまるよ!

MISSION 1

怪《かい》奇《き》！ 呪《のろ》いの キューピー人形!!

1 心霊探偵団《ゴーストハンターズ》、勝負《しょうぶ》をいどまれる

「うわーっ、海のにおいがする！」

バスをおりたとたん、あたし、大声をあげちゃった。

目の前は、松《まつ》の木が、ずらっとならんだ林。

その向《む》こうからは、波《なみ》の音。

枝《えだ》のあいだをのぞくと、青い海と、クリーム色の砂浜《すなはま》が広がってる。

「海だ！　ねえ、すごくない？　海だよ！」

ところが、あたしを、四年一組のみんなは、しらーっとした目で見ていて。

「いまさら、なにいってるの？　海なんか、学校から見えるじゃないの」

「え？　いや、そりゃそうだけど、でも、社会科見学で、こんなきれいなところに来られるなんて、思ってもみなかったんだもの」

そう、今日、五月十三日は、王免《おうめん》小学校恒例《こうれい》の、社会科見学の日。

転校《てんこう》してくる前にいた東京の小学校にも、社会科見学はあったけど、工場見学だったり、市役所《しやくしょ》のようすを見るとか、そういうの。

でも、王免《おうめん》小学校では、四年生から六年生までの三学年が、バスにのって、学校のまわりの歴史的《れきしてき》な名所《めいしょ》を見てまわるというもの。

べつに歴史《れきし》に興味《きょうみ》があるわけじゃないんだけど、お弁当《べんとう》やお菓子《かし》も、持《も》ってきたりして、ちょっと遠足っぽいし、楽しそうだなって思ってたんだ。

そうしたら、いきなり海を見られるなんて！　もう、気分があがっちゃうよ！

「ふーん。あたしたちにとっては、こんなのふつうだけどね」

「っていうか、この浜《はま》、夏休み、とくに行くところがないとき、来るところだし」

ああ、なるほどねぇ。

東京にいると、海水浴《かいすいよく》って、家族《かぞく》みんなで、わざわざ出かけるところだけど、王免小《おうめん》のみんなにとっては、そのへんの遊《あそ》び場みたいなもんなんだなぁ。

「ようし、全員《ぜんいん》、列《れつ》をみださずに、歩こう！」

担任《たんにん》の後藤《ごとう》先生の声に、みんなはリュックを背《せ》おって、ぞろぞろと歩きだした。

松林《まつばやし》をぬけると、広い砂浜《すなはま》に出た。今日はよく晴れてるおかげで、海がきらきらかがやいてる。沖《おき》には大きな船がゆきかっていて、右のほうには、遠くの島《しま》にかかる巨大《きょだい》な橋《はし》。

すっごく、いいながめ！

でも、やっぱり、あたし以外《いがい》のだれ一人、顔をかがやかせてる人はいない。

それどころか、波《なみ》に打《う》ちよせられたゴミに、顔をしかめてる子も多くて。

「きったねえなぁ。変《へん》な海草とか、ペットボトルとか、ぐちゃぐちゃじゃん」

「こんなの見ると、夏に海水浴《かいすいよく》なんかする気がなくなるよな」

「おい、あそこに、変《へん》な人形が、落《お》ちてるぜ。ぶきみじゃね？」

そうか。地元の子は、そもそも目を向《む》けるところがちがうんだね。

そのうち、あたしも、みんなみたいになるのかなぁ。

なんてことを考えているうちに、さっそく歴史《れきし》のお勉強《べんきょう》がはじまった。

「みなさん、ここは、有名《ゆうめい》な源氏物語《げんじものがたり》にも出てくる舞台《ぶたい》の一つです……」

お話をするのは、教頭先生。なんでも、歴史《れきし》が得意《とくい》だとかで、大熱弁《だいねつべん》！

「主人公《しゅじんこう》の光源氏《ひかるげんじ》は、京都《きょうと》に住《す》んでいましたが、ちょっとした問題《もんだい》がおきて、都《みやこ》にいられなくなり、この須磨《すま》の地でくらすことになりました……」

源氏物語《げんじものがたり》とか光源氏《ひかるげんじ》とか、名前は聞いたことあるけど、よくわからない……。

「わが身《み》の不運《ふうん》をなげく光源氏《ひかるげんじ》は、ある人から『みそぎ』をするとよい、と聞きます。『みそぎ』とは、自分の身《み》についた『けがれ』をお祓《はら》いすることですが
……」

はあ……。

「そのためには、人形を海に流《なが》せばいいのだそうです。みなさん、人形はかわいいおもちゃだと思っているかもしれませんが、もともとはちがいます。『人形《ひとがた》』

といって、人間の身代《みが》わりとして、けがれを背《せ》おって、流《なが》されるものだったのです」

ふーん……。

「そこで、光源氏《ひかるげんじ》は、大きな人形を作って、舟《ふね》にのせ、この浜《はま》から海に流《なが》しました。これは、いまでもつづく『流《なが》し雛《びな》』という風習《ふうしゅう》にもつながっていて……」

ふぁー、つまんない。せっかく海の景色《けしき》を楽しんでたのに、テンション下がる……。

「こらぁ！　だらだらしてるんじゃない！　もっと緊張《きんちょう》しろよ！」

ぎょっとふりかえると、そこに立っていたのは、山みたいに大きな体の男子。

まっ黒な長そでTシャツから、ぶっとい首がにょきっ。阪神《はんしん》タイガースの野球《やきゅう》帽《ぼう》をかぶって、まん丸の顔を、むすっとさせているこの人は、五年生の赤松玄《あかまつげん》太《た》！

でも、どうして、玄太《げんた》にしかられなくちゃいけないわけ？

「このあたりは、心霊《しんれい》スポットだからだ！」

「はあ？　こんなきれいな場所《ばしょ》の、どこが心霊《しんれい》スポットなのよ」

「ここから一キロ先が、一ノ谷《いちのたに》の合戦《かっせん》があったところなんだよ。それでわかるだろ？」

イチノタニ？　ぜんぜん、わからない。

「源義経《みなもとのよしつね》が平家《へいけ》の大軍《たいぐん》を打《う》ちやぶった、有名《ゆうめい》な戦《たたか》いだよ！　だから、このあたりには、武士《ぶし》の霊《れい》がうようよしてる。ぼうっとしてると、とりつかれるかもしれないぞ！」

また、それ、それかぁ……。

たしかに、玄太《げんた》は武士《ぶし》の霊《れい》にくわしい。それは認《みと》めます。玄太《げんた》のおかげで、この前、武士《ぶし》の霊《れい》にとりつかれた友だちを助《たす》けることもできたし。だけど……。

「なにかっていうと、『武士《ぶし》の霊《れい》が～』って、いばるの、やめてくれない？」

「でも、ここには、それ以外《いがい》の霊《れい》も多いんだぞ、春菜《はるな》」

すずやかな声がした。見ると、すらりとした男子が、にっこりとほほえんでる。

あごがきゅっととがって、鼻《はな》は高くて、目はみごとなアーモンド形。

まるで雑誌《ざっし》からとびだしてきたモデルみたいな人は、六年生の二宮拓海先輩《にのみやたくみせんぱい》。

「海はなにかと事故《じこ》が多いから、浮遊霊《ふゆうれい》にとりつかれちゃうぞ」

ああ、こんどは、浮遊霊《ふゆうれい》の専門家《せんもんか》の登場《とうじょう》かぁ……。

「春菜《はるな》さん、そういわないで。玄太《げんた》くんも拓海先輩《たくみせんぱい》も、親切でいってくれてるのよ」

拓海先輩《たくみせんぱい》の後ろから、切れ長の目が、あたしをのぞきこんでいる。

色が白くて、細くて、どこから見ても「美人《びじん》」って言葉《ことば》がぴったりのこの人は、五年生の冬月美湖《ふゆつきみこ》さん。

「歴史的《れきしてき》な名所《めいしょ》に、心霊現象《しんれいげんしょう》がおきるのは、めずらしいことじゃないの。いろいろな事件《じけん》があったからこそ、名所《めいしょ》っていわれるわけだから」

そうしたら、拓海先輩《たくみせんぱい》ったら、得意《とくい》のどや顔で、あたしを見つめた。

「だから、歴史《れきし》に興味《きょうみ》がなくても、心霊探偵団《ゴーストハンターズ》のメンバーなら、しんけんに学ぶ必要《ひつよう》があるのさ」
心霊探偵団《ゴーストハンターズ》。それは、拓海先輩《たくみせんぱい》が作ったチームで、メンバーは五人。
六年二組　二宮拓海《にのみやたくみ》　担当《たんとう》＝地縛霊《じばくれい》、浮遊霊《ふゆうれい》
五年一組　冬月美湖《ふゆつきみこ》　担当《たんとう》＝動物霊《どうぶつれい》、外国の魔法《まほう》
五年二組　赤松玄太《あかまつげんた》　担当《たんとう》＝武士《ぶし》の霊《れい》などの荒《あら》ぶる霊《れい》
そして、あたしと、いま、ここにはいないけど、三年生の女子、上月《こうづき》さくらちゃんが、お祓《はら》い担当《たんとう》として加《くわ》わっている。
なんでも、王免《おうめん》小学校や、そのまわりでは、しょっちゅうおかしな心霊現象《しんれいげんしょう》がおこるらしく、それを霊感《れいかん》のある人たちで、解決《かいけつ》するのが、目的《もくてき》なんだそうで。
でも、あたし、メンバーになりたくてなったわけじゃないんだけどなぁ。
だいたい、あたしには、霊感《れいかん》も霊能力《れいのうりょく》も、かけらもないはず……。
「よくいうぜ！　おまえ、スーパー霊能力者《れいのうりょくしゃ》のばあさんから、デコピンで、霊能《れいのう》力《りょく》を分けてもらったんだろ？」

玄太《げんた》がいってるのは、ママのお母さんのこと。

あやしげなタロット占《うらな》いをしているんだけど、あたしが転校《てんこう》するとき、いきなりデコピンされたの。そのとき、おばあちゃんに、こういわれて。

『デコピン？　バカいわないどくれ。ばあちゃんの霊能力《れいのうりょく》を分けてやったんだよ』

「そう。だからこそ、春菜《はるな》さんは転校初日《てんこうしょにち》に、心霊現象《しんれいげんしょう》に気がついたし、わたしたちと知りあうことになったのよ。おばあさまのこと、もっと信用《しんよう》しなさい」

美湖《みこ》さん、そうおっしゃいますけど、おばあちゃんは、こうもいったんです。

『調子《ちょうし》にのって、悪霊祓《あくりょうばら》いしてやろうなんて考えるなよ』

だから、仮《かり》に、あたしに霊能力《れいのうりょく》があるのだとしても、心霊探偵団《ゴーストハンターズ》のメンバーとして、悪《わる》い霊《れい》と対決《たいけつ》なんか、できないはずで……。

「それは、だいじょうぶ。今日、メンバーの身《み》を守《まも》るアイテムを用意《ようい》してきたから」

そういって、美湖《みこ》さんは、ワンピースのポケットから、小さなものをとりだすと、拓海先輩《たくみせんぱい》と玄太《げんた》、そして、あたしの手においていった。

黒いひもの先に、小さな木の人形がついてる。

なにこれ？　ストラップ？

「エケコ人形よ。インカ帝国《ていこく》の福《ふく》の神《かみ》なの」

インカ帝国《ていこく》？　福《ふく》の神《かみ》？

「インカ帝国《ていこく》は、いまから七百年ぐらい前、南アメリカ一帯《いったい》に広がっていた大きな国よ。すばらしい文化《ぶんか》を誇《ほこ》っていたうえに、たくさんの黄金を持《も》っていたの。ところが、ヨーロッパのスペインから、その黄金めあてにやってきた人々にほろぼされて……」

ああ、また、歴史《れきし》のお勉強《べんきょう》とは……。

「インカ帝国《ていこく》の人々が、ねがいをかなえる神《かみ》さまとして信《しん》じていたのが、このエケコ人形なの」

そのインカ帝国《ていこく》のあったペルーっていう国に、美湖《みこ》さんの親せきのおじさん

が、住《す》んでいて、わざわざ、エケコ人形を送《おく》ってくれたんだそうで。

「なんでもねがいをかなえてくれるんですもの、『どうか、悪《わる》い霊《れい》からお守《まも》りください』って、いのれば、お守《まも》りになるでしょう?」

「ふん。外国のまじないなんて、ほんとに効《き》きめがあるのか、あやしいけどな」

ああ、また、玄《げん》太《た》の憎《にく》まれ口《ぐち》がはじまった。

「日本には日本の悪霊祓《あくりょうばら》いの呪文《じゅもん》もあるし、拝《おが》み屋《や》だっているんだぜ」

「そういってるわりには、さっそくリュックにつけてるじゃないかよ」

とつぜん、声がした。

びっくりしてふりかえると、玄《げん》太《た》のすぐ後ろで、男子が一人、にやにやしてる。

細い体を、しわ一つないシャツに、ぴちっと折《お》りめのついたズボンに包《つつ》んでる。前髪《まえがみ》もきゅっとあげちゃって、かっこいいといえばかっこいいけど、かっこつけてるともいえる感《かん》じで。

「ゆ、雄《ゆう》矢《や》……」

雄矢《ゆうや》？　そうよぶってことは、玄太《げんた》の同級生《どうきゅうせい》かな？

すると、雄矢《ゆうや》とかいう人、あたしたちを、ぐるっと見まわすと、ふふっと笑《わら》った。

「霊《れい》だの、おまじないだの、あいかわらず、バカなこと、やってるんだね」

な、なに、この人。美湖《みこ》さんやあたしはともかく、拓海先輩《たくみせんぱい》は上級生《じょうきゅうせい》だよ。そんな口のききかた、失礼《しつれい》じゃないの！

さすがの拓海先輩《たくみせんぱい》もむっとしてる。

「おい、なにがいいたいんだ」

「ぼくは、心霊現象《しんれいげんしょう》なんて、信《しん》じないってことですよ」

六年生に、にらまれてるっていうのに、雄矢《ゆうや》っていう人は、平気《へいき》な顔。

「どんなにふしぎそうに見えることでも、かならず科学的《かがくてき》に説明《せつめい》がつくんです。それを、心霊探偵団《ゴーストハンターズ》だなんて、バカバカしい。いや、それだけじゃない。みんなを意味《いみ》もなく、こわがらせてるだけじゃないですか。迷惑《めいわく》なんですよね」

「な、なんだって！」

「ちょっと、拓海先輩《たくみせんぱい》、大きな声をださないで……」

あわてて、止めに入った美湖《みこ》さんの手を、拓海先輩《たくみせんぱい》はふりはらった。

「美湖《みこ》はだまっててくれ。心霊探偵団《ゴーストハンターズ》が迷惑《めいわく》だなんて、いわれて、だまっていられるかっていうんだ！」

「で、でも、いまはまずいです……」

美湖《みこ》さん、泣《な》きそうな顔で、あたりを見まわした。

そこで、あたしも、気がついた。なんだか、ようすがおかしいことに。

砂浜《すなはま》に打《う》ちよせる波《なみ》の音が、やけに大きい。教頭先生の声もしない。

見ると、みんなの視線《しせん》が、すべて、こっちに集《あつ》まっていて……。

「こら！　そこ！　なにをしゃべってるんだ！」

後藤《ごとう》先生が、こわい顔をして走ってきた。

「社会科見学は遊《あそ》びじゃない！　授業《じゅぎょう》と同じなんだぞ！」

「す、すいません……」

拓海先輩《たくみせんぱい》は、首をすくめてあやまってる。

どうして？　悪《わる》いのは、雄矢《ゆうや》っていう人のほうなのに……。

「とにかく、静《しず》かに先生の話を聞きなさい！」

「はい、わかりました……」

やがて、教頭先生の話が、また、はじまった。

「えー、というわけで、この須磨《すま》の浜《はま》は、光源氏《ひかるげんじ》が、お祓《はら》いのために、舟《ふね》にのせた人形を流《なが》した場所《ばしょ》として、有名《ゆうめい》になったのですが……」

でも、これで終《お》わりじゃなかった。

雄矢《ゆうや》って人、拓海先輩《たくみせんぱい》に顔をよせると、小さな声でささやいたんだよ。

「こんど、ぼくと心霊探偵団《ゴーストハンターズ》とで、勝負《しょうぶ》しましょうよ」

「勝負《しょうぶ》？」

「そのうち、きっとまた、だれかが、心霊現象《しんれいげんしょう》がおきたって、いいだすはずです。そのときは、ぼくもよんでください。どちらが先に解決《かいけつ》できるか、ためそうじゃないですか。ただし、もし、ぼくが科学的《かがくてき》に解明《かいめい》できたら……」

そこで雄矢《ゆうや》は、ふふんっと、鼻《はな》で笑《わら》った。

「心霊探偵団《ゴーストハンターズ》なんて、解散《かいさん》してもらいますよ」


「……あいつ、関口雄矢《せきぐちゆうや》っていうんだ。おれと同じ五年二組でさ……」

お弁当《べんとう》タイムに、心霊探偵団《ゴーストハンターズ》は、また集合《しゅうごう》。

まわりでは、みんな楽しそうにお弁当《べんとう》を食べてるけど、玄太《げんた》の話に耳をかたむけるあたしたちに笑顔《えがお》はなし。拓海先輩《たくみせんぱい》も美湖《みこ》さんも深刻《しんこく》そうな顔をしていて。

「雄矢《ゆうや》は、春菜《はるな》と同じように、四月に転校《てんこう》してきたばかりなんだ。最初《さいしょ》は、おとなしかったんだけど、あるときから、とつぜん、おれをからかうようになってきて……」

なんでも、朝、顔を合わせると、『おい、今日は幽霊《ゆうれい》に会わなかったのか？』って笑《わら》ったり、玄太《げんた》のテストをのぞいて、『五十点！　おまえ、悪《わる》い霊《れい》にとりつかれてるんじゃないのか？　お祓《はら》いしてもらえば、もっといい点がとれるはずだぞ』なんて、イヤミをいってくるんだって。

でも、ふしぎだなぁ。玄太《げんた》は、大きな体してるんだし、いかつい顔してるし、「てめえ、ぶっとばすぞ」って、どなりつければ、すみそうな気がするけど。

「そんなことできるか。あいつ、クラスで人気者《にんきもの》なんだ。見ためもかっこいいし、勉強《べんきょう》もできるし、先生にも気に入られてる。おどしつけたりなんかしたら、転校生《てんこうせい》いじめだって、おれがしかられるだけだ」

「でも、どうして、玄太《げんた》くんのこと、そんなに目の敵《かたき》にするのかしら？」

美湖《みこ》さんに聞かれて、玄太《げんた》は、うなだれた。

「さくらのばあちゃんと、うちの一家が仲《なか》がいいことを、知ったからだよ」

さくらちゃんのおばあちゃんって、拝《おが》み屋《や》さんの？

「ああ。雄矢《ゆうや》の父ちゃんって、高校の理科の先生らしいんだ。そのせいか、非科《ひか》学的《がくてき》なことを、ものすごくきらうらしい。霊《れい》とかオカルトとかはもちろん、神社《じんじゃ》やお寺で拝《おが》んだりする人たちのことも、バカにしてるって、うわさだ」

そんな人にとって、お坊《ぼう》さんでも神主《かんぬし》さんでもない、拝《おが》み屋《や》のおばあさんが、お金をもらって、霊《れい》のお祓《はら》いをするなんて、とんでもなく悪《わる》いことだと思ってるんだそうで。

『拝《おが》み屋《や》なんて、悪《わる》い習慣《しゅうかん》は、すぐにやめさせるべきだ！』

この街《まち》に引っこしてきてすぐ、市長さんに、そんな手紙さえ出したらしい。

「そこへもってきて、おれたちが心霊探偵団《ゴーストハンターズ》を結成《けっせい》したって、うわさを聞いたもんだから、雄矢《ゆうや》のやつ、ますます、おれをからかうようになってさ」

ふーん。それで、勝負《しょうぶ》しようなんて、いいだしたんだ。

でも、拓海先輩《たくみせんぱい》、どうするの？

「決《き》まってるさ。受《う》けて立つ！」

拓海先輩《たくみせんぱい》、きっぱりというと、海に向《む》かって、胸《むね》をはった。

ところが、玄太《げんた》は、心配《しんぱい》そうな顔で、先輩《せんぱい》を見あげて。

「でも、雄矢《ゆうや》のやつ、ぜったい、父ちゃんに相談《そうだん》するはずだよ。相手《あいて》は理科の先生だ。なんだかんだって、科学的《かがくてき》に解明《かいめい》しちゃうかもしれないじゃないか。そんなことになったら、心霊探偵団《ゴーストハンターズ》を解散《かいさん》しなくちゃいけなくなる……」

まあ、あたしは、それでも、ぜんぜんかまわないんだけどね。

「心霊探偵団《ゴーストハンターズ》が負《ま》けるわけがないだろ！　おれたちには全員《ぜんいん》、強い霊感《れいかん》があるんだ！」

それはどうかなぁ。霊《れい》なんて、目に見えないんだし、証明《しょうめい》なんて無理《むり》でしょ。

「春菜《はるな》！　おまえ、どっちの味方《みかた》だ！」

わっ、拓海先輩《たくみせんぱい》、こわい！

思わず、あたしは、美湖《みこ》さんの後ろにかくれた。すると、美湖《みこ》さん、ちゃんと、あたしをかばってくれて。

「先輩《せんぱい》、落《お》ちついてください。玄太《げんた》くんも、つまらないことで心配《しんぱい》しないで」

「つまらないこと？　だって、雄矢《ゆうや》のやつ、おれたちをつぶそうと……」

「そういうのを、とりこし苦労《ぐろう》っていうの。勝負《しょうぶ》もなにも、なにか心霊現象《しんれいげんしょう》がおきてからの話でしょう。でも、そんなこと、そうしょっちゅうおこるものじゃないんだから」

いつも、正しいことをいう美湖《みこ》さん。

ところが、このときばかりは、その予想《よそう》ははずれてしまったわけで……。

2 さっそく心霊相談《しんれいそうだん》が……

社会科見学から三日後の放課後《ほうかご》。

「それじゃあね！」

「うん、また、明日～」

校門の前で、友だちと別《わか》れたあたし、一人で、家に向《む》かって歩きだした。

最近《さいきん》、下校のときは、一人のことが多いんだ。

といって、みんなから避《さ》けられてるってわけじゃない。クラスのみんなとは、転校《てんこう》して、わりとすぐ、仲《なか》よくなれたし、家が同じ方向《ほうこう》の人から、声をかけられたら、もちろん、いっしょに帰る。

でも、自分から声をかけない。

なぜかっていうと、王免坂《おうめんざか》からの景色《けしき》を楽しみたいから。

王免坂《おうめんざか》は、校門から、街《まち》に向《む》かってまっすぐ下る、とっても急《きゅう》な坂《さか》。朝は登《のぼ》りだから、たいへんだけど、下校のときは、目の前に街《まち》と海が、ぱあっと広がって、すごく気《き》持《も》ちがいいいんだよ。友だちとおしゃべりしてるのが、もったいないぐらいに！

ああ、今日もいい天気。空気もすみきって、豆《まめ》つぶみたいな船まで、くっきりと見える。もしかして、アメリカまで見えちゃう？　って、そんなわけないかぁ～。

「……い、一条《いちじょう》さん？」

ふりかえると、女の子が一人、後ろで、もじもじしていた。

まっ赤なランドセルを背《せ》おった、髪《かみ》をきれいな三《み》つ編《あ》みにした子。

なんか、見たことあるような気がする。たぶん、あたしと同じ四年生……。

「あたし、二組の山岡《やまおか》さゆりっていうんだけど……」

ああ、やっぱり。

「うん、こんにちは。たしか、お話しするの、初《はじ》めてだよね」

すると、山岡《やまおか》さん、三《み》つ編《あ》みをかすかにゆらすと、あたしをじっと見あげた。

「一条《いちじょう》さんって、心霊探偵団《ゴーストハンターズ》よね……」

「えっ？」

あたし、一瞬《いっしゅん》、言葉《ことば》につまっちゃった。

だって、ふだん、そんなふうによばれること、めったにないから。っていうか、たぶん、一ヶ月ぶり。

心霊探偵団《ゴーストハンターズ》ができたばかりのころは、調子《ちょうし》にのった拓海先輩《たくみせんぱい》が、

『心霊相談《しんれいそうだん》にのりま〜す！』

なんて、学校じゅうにいいふらしたもんだから、占《うらな》いをたのまれたり、おまじないの相談《そうだん》をされたり、たいへんだったの。それで、

『相談窓口《そうだんまどぐち》は拓海先輩《たくみせんぱい》ってことになってるから』

って、いったら、これが効果《こうか》てきめん。拓海先輩《たくみせんぱい》は、イケメン男子の超人気者《ちょうにんきもの》だ

から、みんな、大よろこびで、そっちへ行ってくれるようになったわけで……。

「一条《いちじょう》さんって、心霊探偵団《ゴーストハンターズ》でしょ？」

山岡《やまおか》さん、しんけんな目つきで、もういちど、聞いてきた。

「う、うん、まあ、そうだけど。でも、相談《そうだん》なら、六年の……」

「一条《いちじょう》さんに聞いてもらいたいの」

さえぎるように、山岡《やまおか》さんは、ぴしゃりといった。

「あたし、六年生の教室に行くのこわいの。みんな大きいし、それに二宮先輩《にのみやせんぱい》のまわりは、いつも女子がたくさんいるし……」

な、なるほど。そ、それじゃあ、話だけでも、聞きます、はい……。

「よかった……。実《じつ》はね、あたしには、中三のお兄ちゃんがいるんだけど、変《へん》なくせがあってこまってるの……」

山岡《やまおか》さんは、ゆっくりと坂《さか》を下りながら、話しはじめた。

「なにか、おもしろいものが捨《す》てられているのを見ると、すぐに拾《ひろ》ってくるの。

こわれたおもちゃとか、かさとか……」

「かさ？　こわれたかさなんか、なんの役《やく》にも立たないじゃない？」

「でも『模様《もよう》がおもしろかったから』とか『サッカーチームのロゴが入ってたから』とかって、一人でよろこんでるの」

へえ。それはたしかに、迷惑《めいわく》なお兄ちゃんね。

「うん。それでも、何日かすると、お母さんに気づかれて捨《す》てられちゃうから、しばらくがまんすれば、なんとかなったんだけど……。でも、昨日《きのう》、拾《ひろ》ってきたものだけはだめ！　もう、こわくてこわくて！」

「こわい？　いったい、なにを拾《ひろ》ってきたの？」

「人形よ。キューピー人形……」

あの、ぷっくりとした、はだかの赤ちゃんみたいな、かわいいやつ？

すると、山岡《やまおか》さんは、顔をしかめて、あたしをふりかえった。

「でも、それが涙《なみだ》を流《なが》したら、かわいいって思える？　それも、ただの涙《なみだ》じゃないのよ。血《ち》の涙《なみだ》なんだから！」

血《ち》の涙《なみだ》を流《なが》す人形？　まさかぁ！

「っていうか、山岡《やまおか》さんのお兄ちゃんは、そんなもの、どこで拾《ひろ》ってきたわけ？」

「ゴミ捨《す》て場よ。ほら、マンションのはずれによくあるでしょ？」

なんでも、昨日《きのう》の夜、お兄ちゃんが、塾《じゅく》の帰りに、そのそばを通ったとき、燃《も》えないゴミの山のてっぺんに、キューピーさんがいたらしい。

「両手《りょうて》と両足《りょうあし》を、こうやって前につきだして、ちょこんと座《すわ》ってたんだって」

ちょっと、山岡《やまおか》さん、実演《じつえん》しないでよ。なんだかきみが悪《わる》い……。

「きみが悪《わる》いのはそれだけじゃないの。あたりに明かりもないのに、お兄ちゃんのほうに向《む》けた目が、きらって光ったらしいの」

うわぁ、やめて！　想像《そうぞう》しただけで、こわい！

「でしょう？　だけど、お兄ちゃんはちがうの。目が光るキューピー人形なん

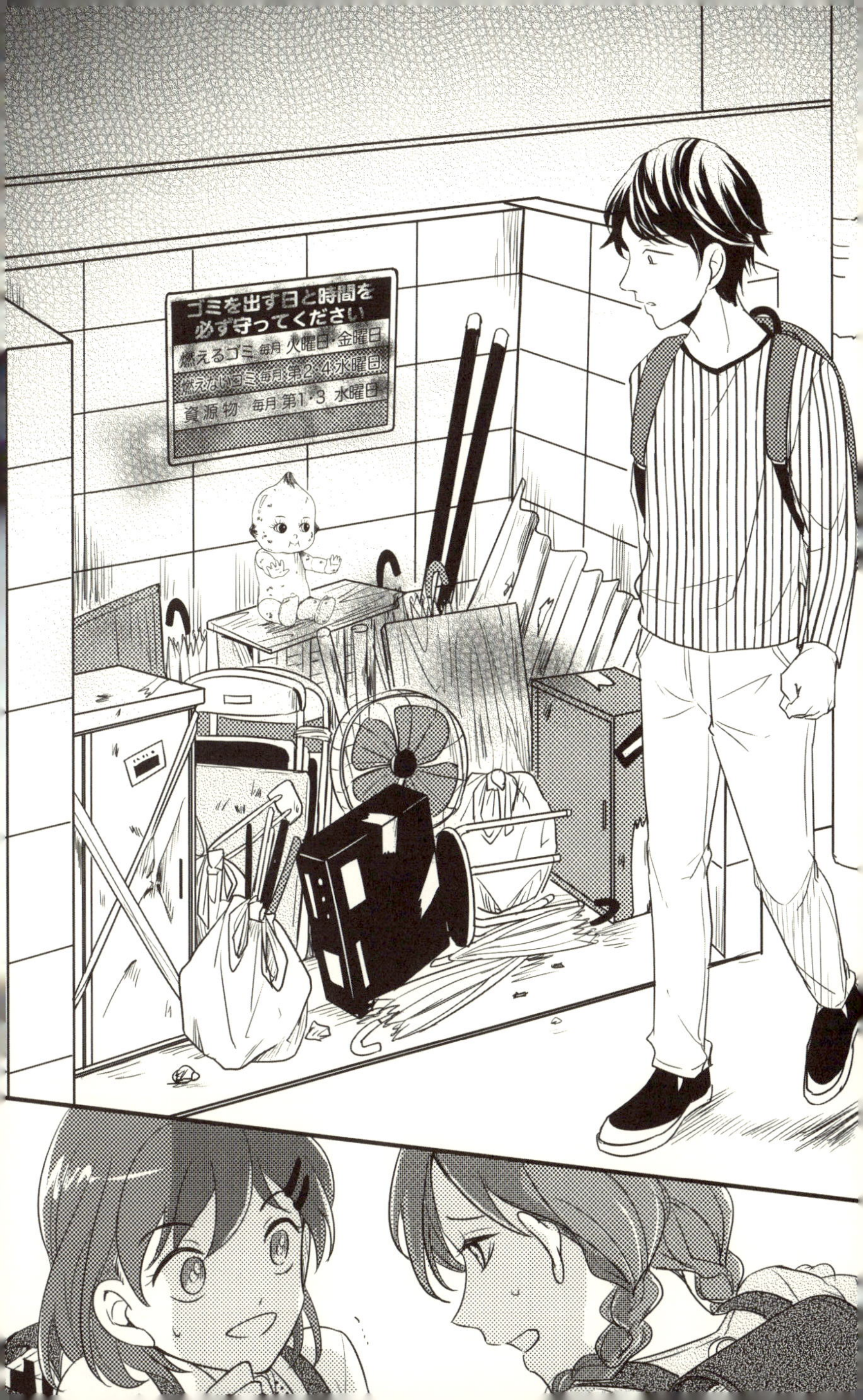
ゴミを出す日と時間を
必ず守ってください
燃えるゴミ 毎月 火曜日・金曜日
燃えないゴミ 毎月 第2・4水曜日
資源物 毎月 第1・3 水曜日

て、めずらしいって、わざわざ、拾《ひろ》ってきちゃったのよ」
うーん、いくらなんでも、趣味悪すぎ。もし、あたしにそんな兄弟がいたら、
『変《へん》なもん、持《も》ってくるなぁ！』って、どなっちゃうと思う。
「だけど、ゆうべは、お兄ちゃん、なにもいわずに、キューピーを自分の部屋《へや》に
持《も》ってっちゃったから、あたしは知らなかったのよ。ところが……」
ところが？
「けさ、あたしの部屋《へや》に、お兄ちゃんがとびこんできたの。『ちょっと見てほし
いものがある』って」
そこで、すぐにお兄ちゃんの部屋《へや》に行ってみると。
「窓《まど》のそばに、キューピー人形が座《すわ》っててね。で、ぷっくりしたほっぺに、赤い
すじが、ついていたの。左目から、血《ち》の涙《なみだ》がひとすじ、流《なが》れたあとが……」
あ、あ、あ、もうだめ……。あたし、こわくて、気が遠くなりそう……。
目の前に広がる、きれいな街《まち》なみも海も、ぼうっとかすんできた……。

「あたしだって、こわかったわ。だから、いったの。『すぐに捨《す》ててきて!』って」

当然《とうぜん》だよね。だれだってそういうと思うよ。

「でも、お兄ちゃんは、捨《す》てないって、聞かないの」

ど、どうして?

「血《ち》の涙《なみだ》を流《なが》す人形なんて、こんなすごいもの、めったにないって。もともとだれのもので、いままでどこにあって、どうして血《ち》の涙《なみだ》を流《なが》すのか、徹底的《てっていてき》に調《しら》べるんだって。だから、このことは、お父さんとお母さんには、ぜったいにひみつにしろって……」

山岡《やまおか》さん、そこで、ぴたりと足を止めた。あたしを見あげる目に、うっすらと涙《なみだ》がにじんでいる。

「でも、調《しら》べるっていっても、いつまでかかるか、わからないでしょ? だから、心霊《しんれい》探偵団《ゴーストハンターズ》に調《しら》べてもらおうって、いったの。人形が血《ち》の涙《なみだ》を流《なが》すなんて、心霊現象《げんしょう》に決《き》まってるし、そういうの、一条《いちじょう》さんたちは、あっというまに解決《かいけつ》できるんでしょう？」

そ、それは、どうかなぁ。そういうの、あたしにもよくわからないし……。

でも、山岡《やまおか》さんは、すがるように、あたしの両手《りょうて》をつかんできて。

「一条《いちじょう》さん、おねがいよ！　あたし、あんなきみ悪《わる》い人形と、同じ屋根《やね》の下でくらすなんて、もう一日だって、たえられない！」

山岡《やまおか》さん、とうとう泣《な》きだしちゃった。

こうなると、さすがのあたしも、断《ことわ》ることもできず。

「……わ、わかった。とにかく、明日、拓海先輩《たくみせんぱい》たちに相談《そうだん》してみるから」

「ええっ？　すぐにってわけにはいかないの？」

「ごめんね、でも、みんな、もうお家に帰っちゃったし」

あたしは、山岡《やまおか》さんの手をにぎってあげた。

「とにかく、今夜だけ、がんばってみて。だいじょうぶ、まだ心霊現象《しんれいげんしょう》だって、決《き》まったわけじゃないし。っていうか、そんなの、ただの人形に決《き》まってるよ」

「ただの人形？　血《ち》の涙《なみだ》を流《なが》すキューピーが？　そんなわけないだろ」

次《つぎ》の日のお昼休み。校舎《こうしゃ》の屋上《おくじょう》に集《あつ》まった心霊探偵団《ゴーストハンターズ》に、あたしは、昨日《きのう》の山《やま》岡《おか》さんの話を伝《つた》えた。そうしたら、拓海先輩《たくみせんぱい》ったら、みるみる目をかがやかせちゃって。

「これはまちがいなくオカルト現象《げんしょう》だ。みんなも、そう思うだろ？」

「思う、思う！」

うれしそうに声をあげたのは、三年生の上月《こうづき》さくらちゃん。

いつもと同じ、アニメキャラのサンダルをはいて、ぴょんぴょん、とびはねてる。

「さくら、そのお人形見てみたい！　で、ミチキリぃって、お祓《はら》いしたい！」

「だよな！　いったいどんな悪霊《あくりょう》がとりついてるのか、たしかめるのが楽しみだぜ！」

ちょ、ちょっと、さくらちゃんも玄太《げんた》も、おかしいんじゃないの？

「そうね。人形に悪霊《あくりょう》がとりつくなんて、ちょっと考えにくいわね」

ああ、よかった。美湖《みこ》さんだけは、まともなのね。

「それじゃあ、美湖《みこ》は、これはオカルト現象《げんしょう》じゃないって、いうのか？」

ちがうよねぇ？

「いいえ、まちがいなく心霊現象《しんれいげんしょう》です」

がくっ……。で、でも、美湖《みこ》さん、いま、悪霊《あくりょう》のしわざじゃないって、いったのに。

「ええ、悪霊《あくりょう》じゃないわ。でも、人形が血《ち》の涙《なみだ》を流《なが》すという心霊現象《しんれいげんしょう》は、特別《とくべつ》、めずらしいものではないの」

ああ、美湖《みこ》さんまで……。あたし、この人たちと話していると、ときどき頭がおかしくなりそうになる……。

「春菜《はるな》さん、聞いて。ヨーロッパのキリスト教の教会では、こういう話はよくあるの。血《ち》の涙《なみだ》を流《なが》すのは、たいていマリア像《ぞう》ね。イエスのお母さんをかたどった人形よ」

美湖《みこ》さんの話では、いちばん有名《ゆうめい》なのは、イタリアのチビタベッキアという街《まち》の教会のマリア像《ぞう》なんだそうで。

「いまから、二十年以上《いじょう》も前、そのマリア像《ぞう》の両目《りょうめ》から、赤い涙《なみだ》が流《なが》れだしたの」

これを見た人々は、『マリアさまが血《ち》の涙《なみだ》を流《なが》している』とさわぎだし、世界《せかい》じゅうで大きな話題《わだい》にもなった。そこで、調査団《ちょうさだん》が細かく調《しら》べることになったんだけど。

「結論《けつろん》は、赤い涙《なみだ》はほんものの血《ち》で、たしかにマリア像《ぞう》の目から流《なが》れだしたものだってことになったの。でも、だからって、だれも、こわがったりはしなかった。反対《はんたい》に、これは奇跡《きせき》だって、たくさんの信者《しんじゃ》が集《あつ》まってくるようになったのよ」

「でも、それとは話がちがうんじゃないか？」

拓海先輩《たくみせんぱい》、不満《ふまん》そうに、首をかしげてる。

「山岡《やまおか》さんの家にあるのは、マリア像《ぞう》じゃなくて、キューピー人形だぞ。神《かみ》さまの奇跡《きせき》というより、やっぱりオカルト現象《げんしょう》だろ」

玄太《げんた》も身《み》をのりだしてきた。

「そうだぜ、外国なんて関係《かんけい》ない。ここは日本なんだ。日本には日本の悪霊《あくりょう》がいて、お祓《はら》いの呪文《じゅもん》もあって、そのための拝《おが》み屋《や》だっているんだ!」

まぁた、その話? それ、このあいだも聞いたけど。

「とにかく、さくら、そのキューピーさん、見たいよぉ~」

もう、さくらちゃんたら。おもちゃみたいにいわないの。

って、そんなことより、どうしたらいいの? あたし、今日、返事《へんじ》をするって、山岡《やまおか》さんに約束《やくそく》しちゃったんだけどなぁ。

すると、意外《いがい》なことに、美湖《みこ》さんがにっこりとほほえんで。

「調《しら》べましょう。悪霊《あくりょう》かどうかはともかく、助《たす》けをもとめられたんですもの。それにこたえてあげるのが、わたしたちの仕事《しごと》よ」

「そうこなくっちゃ！」

拓海先輩《たくみせんぱい》は、うれしそうに手をたたいた。

「春菜《はるな》、さっそく、山岡《やまおか》さんに知らせてやってくれ。今日の放課後《ほうかご》、おれたち心霊探偵団《ゴーストハンターズ》が、調《しら》べに……」

ところが、そこで、美湖《みこ》さんが拓海先輩《たくみせんぱい》をさえぎった。

「その前に、どうするんですか、勝負《しょうぶ》のこと？」

「なんだよ、美湖《みこ》。勝負《しょうぶ》って、いったい……」

「五年二組の関口雄矢《せきぐちゆうや》くんのことです」

あ、そうだった！

この前の社会科見学のとき、その人、あたしたちにいったよね。

『こんど、ぼくと心霊探偵団《ゴーストハンターズ》とで、勝負《しょうぶ》しましょうよ』

そして、こういったんだっけ。

『そのうち、きっとまた、だれかが、心霊現象《しんれいげんしょう》がおきたって、いいだすはずです。そのときは、ぼくもよんでください。どちらが先に解決《かいけつ》できるか、ためそうじゃないですか』

美湖《みこ》さんは、じっと拓海先輩《たくみせんぱい》を見つめてる。

「血《ち》の涙《なみだ》を流《なが》す人形を調《しら》べるとき、関口《せきぐち》くんもよびますか？」

拓海先輩《たくみせんぱい》、一瞬《いっしゅん》、考えこんだ。けれど、すぐに、こくっとうなずいて。

「もちろんだよ。勝負《しょうぶ》をいどまれて、逃《に》げるわけにはいかないだろ。玄太《げんた》、あいつと同じクラスだったな。さっそく、知らせてやれ」

「わかった！　雄矢《ゆうや》のやつめ、こんどこそ、ぎゃふんといわせてやる！」

玄太《げんた》ったら、不敵《ふてき》な笑《え》みをうかべてる。

でも、だいじょうぶかなぁ。だって、雄矢《ゆうや》は、最後《さいご》に、こういったんだよ。

『ただし、もし、ぼくが科学的《かがくてき》に解明《かいめい》できたら、心霊探偵団《ゴーストハンターズ》なんて、解散《かいさん》してもらいますよ』

「心配《しんぱい》いらないって！」

さくらちゃんが、ひときわ明るい声をだした。

「だって、あたしたち、みんな霊感《れいかん》があるんだもん。心霊探偵団《ゴーストハンターズ》に解決《かいけつ》できないことなんて、ないに決《き》まってるって！」

うーん……。ほんとにそうだと、いいんだけど……。

3 血《ち》の涙《なみだ》のひみつ

ピンポーン

午後四時。雨の中、拓海先輩《たくみせんぱい》が、山岡《やまおか》さんの家のインターホンをおした。

「お待《ま》ちしてました！　どうぞ！」

がばっと開《あ》いたドアの向《む》こうで、山岡《やまおか》さんが、目をきらきらさせている。その後ろに、ひょろっとした男子が一人。この人はたぶん……。

「お兄ちゃんです！」

やっぱりね。

「こんにちは。王免小《おうめん》の二宮拓海《にのみやたくみ》って、いいます。今日はよろしくおねがいします」

拓海先輩《たくみせんぱい》、さわやかにあいさつ。なのに、山岡《やまおか》さんのお兄ちゃん、なにもいわず、小さくうなずいただけ。

なんか、やな感《かん》じ。あたしたちのこと、信用《しんよう》してないの、バレバレだよ。

でも、しょうがないか。『心霊探偵団《ゴーストハンターズ》』なんて、名前もあやしいし、そのうえ、メンバー全員《ぜんいん》、どう見ても、ふつうの小学生だもんね。

「一条《いちじょう》さん、ほんとにありがとう！　ほんとに、助《たす》かる！」

いや、お礼《れい》をいうのは、まだ早いと思うよ。ほんとに解決《かいけつ》できるかどうか、まだわからないし。

でも、玄太《げんた》は、気あいじゅうぶんって感《かん》じ。

「まかせとけ！　おれたち、関口《せきぐち》なんかには、ぜったいに負《ま》けないからな！」

「関口《せきぐち》？　心霊探偵団《ゴーストハンターズ》って、この五人以外《いがい》に、まだいるの？」

ぽかんとする山岡《やまおか》さんに、あたしはあわてて、いいたした。

「ううん。そうじゃなくて、もう一人、人形を調《しら》べたいっていう人が、あとから来ることになってるの。それより、そのキューピーさんは、どこ？」

「あ、こっちだよ！　みんな、かさはそこにおいて、ついてきて！」

山岡《やまおか》さん、元気よく、階段《かいだん》を上がっていく。

「いま、お母さん、パートのお仕事《しごと》でいないから、遠慮《えんりょ》なく調《しら》べてね」

拓海先輩《たくみせんぱい》を先頭に、あたしたちも二階《かい》へ。後ろからは、山岡《やまおか》さんのお兄ちゃんが、あいかわらず、疑《うたが》わしそうな目つきでついてくる。

「ここよ！」

山岡《やまおか》さんは、ドアを指《ゆび》さすと、すっと、あとずさりした。ついさっきまでの笑《え》顔《がお》はきれいに消《き》えて、いまは、顔をこわばらせてる。

「ど、どうぞ、中に入ってください……」

なるほど、こわいから、自分はお部屋《へや》に入りたくないのね。

「わかった。それじゃ、おじゃまします」

拓海先輩《たくみせんぱい》、ドアをかちゃっと開《ひら》いて中へ。美湖《みこ》さん、玄太《げんた》、あたし、さくらちゃんの順《じゅん》で、あとにつづく。

すぐに目に入ったのは、窓《まど》べにおいたベッドと机《つくえ》。床《ゆか》の上には、紺《こん》とグレーの中学生カバンが、投《な》げだすようにおいてある。

「ええっと、キューピー人形はどこだ？」

きょろきょろする拓海先輩《たくみせんぱい》に、さくらちゃんが、声をあげた。

「あそこにある！」

さくらちゃんが指《ゆび》さしたのは大きな窓《まど》。出窓《でまど》っていうの？　外につきだした窓《まど》なんで、ちょっとした棚《たな》みたいになってる。

キューピー人形は、そこにいた。高さは二十センチぐらい。両手《りょうて》と両足《りょうあし》を、前につきだすようにして、ちょこんとおすわりしている。

ちょっとよごれているけれど、全身《ぜんしん》、つやつやの肌色《はだいろ》で、顔もおなかも、ぷっくぷく。小さな口に、ぱっちりとした目が、とってもかわいい。でも……。

左目から、ほっぺにかけて、なにかが流《なが》れ落《お》ちたあとのように、赤黒いすじが一本、こびりついている。

これが、血《ち》の涙《なみだ》？　なんて、ぶきみなの……。

もし、朝おきて、前の晩《ばん》にはなかったはずの、こんな涙《なみだ》のあとを見つけたりしたら、あたしだったら、悲鳴《ひめい》をあげちゃうと思う。

でも、拓海先輩《たくみせんぱい》、キューピーさんのこと、平気《へいき》な顔で、のぞきこんでる。

「お兄さん、この人形、もう調《しら》べてみましたか」

「いや、まだ。さゆりが、心霊探偵団《ゴーストハンターズ》に調《しら》べてもらうまで、さわるなっていうから」

「うん」

「それじゃあ、最初《さいしょ》にここにおいたときから、動《うご》かしてもいないんですね」

「わかりました」

拓海先輩《たくみせんぱい》、そういうと、キューピー人形に向《む》かって、両手《りょうて》をかざした。

と、そのとたん、先輩《せんぱい》のほっぺが、ぴくっとふるえた。

「美湖《みこ》……」

拓海先輩《たくみせんぱい》にいわれて、こんどは美湖《みこ》さんが、両手《りょうて》をかざす。すると、美湖《みこ》さんも、まゆをひそめた。

「霊気《れいき》を感《かん》じます……」

な、なんですって！

「ほんとだ！　この人形、まちがいなく、霊気《れいき》を放《はな》ってるぜ！」

「それも、悪《わる》い霊気《れいき》だね、玄太《げんた》ちゃん！」

玄太《げんた》とさくらちゃんは、まるで、宝物《たからもの》でも見つけたみたいに、よろこんでる。

「春菜《はるな》ちゃんも、やってごらんよ！　おもしろいよ！」

いや、あたし、こういうの、あんまり得意《とくい》じゃないんで、遠慮《えんりょ》したい……。

とはいえ、あたしも、いちおう心霊探偵団《ゴーストハンターズ》のメンバー。山岡《やまおか》さん兄妹の前で、なにもしないのも、かっこがつかないし、しかたなく、手を出してみた。

「どう？　ぴりぴりするでしょ！」

……いや、ぜんぜん。

「うっそぉ。春菜《はるな》ちゃん、やっぱり、まだ修行《しゅぎょう》が足りないんだね！」

そ、そうなのかな？　でも、あたしは、それでもかまわないんだけど。霊感《れいかん》なんて、なければないにこしたことはないんだし。

「でも、春菜《はるな》さん、なにか感《かん》じない？」

耳もとで、美湖《みこ》さんがささやいた。

なにかねぇ。うーん……。

あたしは、首をかしげながら、キューピーさんの顔をのぞきこんだ。

あ、もしかして……。

「目つきが、なんだか、悲《かな》しそう」

キューピーさんって、ふつうは、にこにこしているものでしょ？　見ているこっちが、思わずほほえんじゃうような、明るい表情《ひょうじょう》をしてるはず。

なのに、このキューピーさんはちがう。たしかに、目を、ぱっちりと大きく見《み》開《ひら》いているけど、それは笑《わら》っているというより、必死《ひっし》になって、なにかをうったえているような、そういう目をしてるような気がする……。

「目つきが悲《かな》しそうだって？」

とつぜん、聞きなれない男子の声がした。と、同時に、玄太《げんた》のうめくようなうな声。

「雄矢《ゆうや》……」

見ると、部屋《へや》の入り口に、関口雄矢《せきぐちゆうや》っていう人が立っていた。

今日も、しわ一つないまっ白なシャツに身《み》を包《つつ》み、前髪《まえがみ》をきゅっとあげてる。

バカにしたような笑《え》みをうかべているのも、このあいだと同じ。

「おまえ、いったい、いつのまに……」

「玄関《げんかん》にカギがかかってなかったから、勝手《かって》にあがらせてもらったんだ。それに、おもしろそうな会話も聞こえたから、じゃまをしちゃいけないと思ってね」

雄矢《ゆうや》は、そういいながら、部屋《へや》に足をふみいれると、あたしをおしのけるようにして、キューピー人形の前に立った。

「ふーん。これが血《ち》の涙《なみだ》を流《なが》す人形か」

雄矢《ゆうや》は、人形の前に手をかざしたり、顔をのぞきこんだりしている。

「……でも、霊気《れいき》も感《かん》じないし、特別《とくべつ》、悲《かな》しそうな目つきにも見えないけどなぁ」

「おまえには、霊感《れいかん》がないからだ！」

声を荒《あら》らげる玄太《げんた》に、雄矢《ゆうや》は、にやっと笑《わら》った。

「たしかに、ぼくに霊感《れいかん》はない。でも、そんなもの、だれにもないんじゃないかな？　科学的《かがくてき》にありえないし、証明《しょうめい》されてもいない」

うわぁ、ほんとイヤミなやつ！

みんなも、刺《さ》すような目つきで、にらんでる。

それでも、雄矢《ゆうや》は、すずしい顔。キューピー人形を、右から左から、じろじろと観察《かんさつ》している。そして、一分もたたないうち、雄矢《ゆうや》はぽつりとつぶやいた。

「ああ、なるほどね」

な、なんなのよ、いったい……。

でも、雄矢《ゆうや》は、あたしたちなんか、無視《むし》。山岡《やまおか》さんのお兄ちゃんをふりかえって。

「すいません。ライターを貸《か》してもらえませんか？　マッチでもいいんですけど」

「ライター？　ああ、たぶん台所《だいどころ》にあると思う。ちょっと待《ま》ってて」

山岡《やまおか》さんのお兄ちゃん、むすっとしたまま、階段《かいだん》をおりていく。

「おい、雄矢《ゆうや》。おまえ、ライターで、なにをしようってんだよ」

玄太《げんた》が、とげとげしい声をあげる。それでも、雄矢《ゆうや》はなにも答えない。うすら笑《わら》いをうかべて、キューピーの顔を見つめるばかり。

部屋《へや》に重《おも》くるしい空気がただよいはじめたところへ、山岡《やまおか》さんのお兄ちゃんが、もどってきた。

「これでいいか？」

さしだしたのは、プラスチックの安《やす》いライター。

「はい。これでじゅうぶんです」

雄矢《ゆうや》は、ライターを受《う》けとると、あたしたちをふりかえった。

「心霊探偵団《ゴーストハンターズ》のみなさん。ぼくには、霊感《れいかん》のかけらもありません。でも、この人形に、血《ち》の涙《なみだ》を流《なが》させる力はあります。それを、これからお目にかけましょう」

な、なんですって！

拓海先輩《たくみせんぱい》も、美湖《みこ》さんも、玄太《げんた》も、あっけにとられてる。いつも元気なさくらちゃんも、ぽかんと口を開《あ》けたまま、ぴくりとも動《うご》かない。

そんなあたしたちをよそに、雄矢《ゆうや》は、キューピーさんのほうを向《む》いた。

カシャッ

かわいた音をたてて、ライターに火がついた。オレンジ色の小さな炎《ほのお》を、雄矢《ゆうや》は、ゆっくりと、キューピーさんの左目へと、近づけていく。

そして、五センチメートルぐらいのところで、手を止めた。

一秒《びょう》、二秒《びょう》、三秒《びょう》……。

「あっ！」

とつぜん、美湖《みこ》さんが声をあげた。

「目が、人形の目がふるえてる……」

え？　あ、ほんとだ！　キューピーさんの左目が、ぴくぴくしてる！

でも、それは大きな目の全体《ぜんたい》がふるえてるわけじゃない。

目の下の、まん中あたりが、ぷくっ、ぷくっと、ふくらんだり、しぼんだり……。

と、次《つぎ》の瞬間《しゅんかん》。

たらーり……。

「きゃあっ！」

山岡《やまおか》さんの悲鳴《ひめい》があがった。

「な、涙《なみだ》が……。血《ち》の涙《なみだ》が……」

し、信《しん》じられない……。キューピーさんの左目から、赤くて、どろりとしたものが、流《なが》れだしてる……。

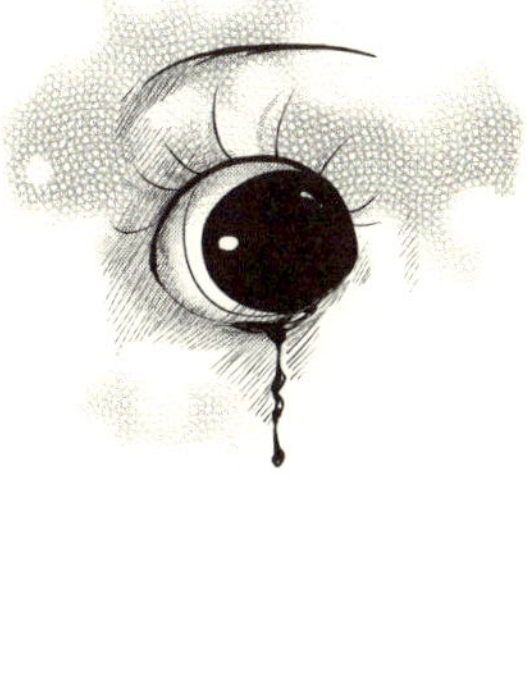

あたしは、なにもいえず、立ちつくすばかり。

そのあいだも、たらり、また、たらり、たらりと、血《ち》の色をした涙《なみだ》が、キューピーさんのぷっくりとしたほっぺを、伝《つた》って落《お》ちていく。

「そんな、バカな……」

拓海先輩《たくみせんぱい》が、うめくように声をあげた。

「涙《なみだ》を流《なが》させるだけじゃありません。止めることもできますよ」

雄矢《ゆうや》は、ふっと笑《わら》うと、ライターの火を消《け》した。

すると、数秒後《すうびょうご》、赤い涙《なみだ》が、ぴたりと止まった。

キューピーさんは、ほっぺに赤黒いすじをつけて、じっと、こちらを見つめている。

「ど、どうして、こんなことができるんだ……。霊感《れいかん》もない雄矢《ゆうや》が、どうして……」

玄太《げんた》が、まっ青《さお》な顔をして、首をふっている。

「霊感《れいかん》がないから、できるんだよ。そんなものにとらわれていないから、冷静《れいせい》な観察《かんさつ》と判断《はんだん》ができるということさ」

雄矢《ゆうや》が、にやにやしながら、キューピーさんに手をのばす。それから、左手で胴体《どうたい》を、右手で頭をつかんだかと思うと、ぐいっと力をこめた。

カパッ

いやな音をたてて、キューピーさんの頭がもげた。それを見て、さくらちゃんが、わっと声をあげた。

「なにをするの！　霊《れい》が宿《やど》っている人形なんだよ！」

でも、雄矢《ゆうや》は、落《お》ちつきはらった顔で、さくらちゃんをふりかえると、キューピーさんの頭をつきつけた。

「中を見てみろよ。霊《れい》なんていないから」

「見たって同じだよ！　霊《れい》は目に見えないんだから！」

「かもな。でも、血《ち》の涙《なみだ》を流《なが》す『しかけ』は見えるはずだ」

しかけ？

あたしは、さくらちゃんに顔をよせると、キューピーさんの頭をのぞきこんだ。

ん？　たしかに、なにか、ある。

丸くて、小さくて、そして、赤黒い、袋《ふくろ》みたいなもの。

それが、人形の頭のうら側《がわ》にくっつけてある。これって、いったい……。

「赤いインクのつまった袋《ふくろ》だよ。つまり、血《ち》の涙《なみだ》の正体さ」

え、どういうこと？

「たぶん、中身《なかみ》は、ボールペンのインクだろうな。知ってるか？　ボールペンって高温《こうおん》にさらされると、インクが溶《と》けるんだ。夏に、カバンの中に入れっぱなしにしておくと、インクもれで、たいへんなことになったりする」

高温《こうおん》？　それじゃあ、さっきライターの火を近づけたのは、インクを溶《と》かすため？

「そういうこと。見ろ、この袋《ふくろ》は、人形の左目のすぐうらに、とりつけてあるだろ？　そして、左目には小さな穴《あな》があいている。だから、炎《ほのお》を近づけると、その熱《ねつ》で赤いインクが溶《と》けて、流《なが》れだす。それが、血《ち》の涙《なみだ》に見えたというわけだ」

「ちょっと待《ま》ってくれない？」

口をはさんだのは美湖《みこ》さん。

「たしかに、いま流《なが》れた赤い涙《なみだ》は、炎《ほのお》の熱《ねつ》で溶《と》けだしたインクかもしれない。でも、おとといの朝はどうかしら？」

美湖《みこ》さんは、ゆっくりと、山岡《やまおか》さんのお兄ちゃんをふりかえった。

「山岡《やまおか》さんのお兄さま。おとといの朝、いま関口《せきぐち》くんがやったようなこと、ご自分でなさいましたか？」

そ、そうか。たしかに、雄矢《ゆうや》のやり方で、まるで血《ち》の涙《なみだ》が流《なが》れたかのように見せかけることはできる。けど、そんなやっかいなこと、わざわざ自分からする人はいないよね。

実際《じっさい》、山岡《やまおか》さんのお兄ちゃんは、むっつりとした表情《ひょうじょう》で、首をふった。

「いいや。だいたい、ライターなんて、ここにないし」

ってことは、最初《さいしょ》に流《なが》れた血《ち》の涙《なみだ》は、やっぱり霊《れい》のしわざ……。

「まだ、そんなことというのかよ。まったく、心霊探偵団《ゴーストハンターズ》って、バカばっかりだな」

くすくす笑《わら》いだした雄矢《ゆうや》に、玄太《げんた》の顔が、怒《いか》りでまっ赤になった。

「雄矢《ゆうや》！　そこまでいうんなら、説明《せつめい》ができるんだろうな！」

「ああ、できるさ」

雄矢《ゆうや》は、あっさりというと、窓《まど》を指《ゆび》さしながら、山岡《やまおか》さんのお兄ちゃんをふりかえった。

「山岡先輩《やまおかせんぱい》は、夜、寝《ね》るとき、あのカーテンをしめましたか？」

すると、山岡《やまおか》さんのお兄ちゃん、また、むすっとした顔で、首をふった。

「いいや。カーテンはいつも開《あ》けたままにしてる。おれ、ねむりが深《ふか》いっていうか、寝坊《ねぼう》っていうか、部屋《へや》が暗《くら》いと、ぜんぜんおきられないんだ。でも、その窓《まど》、東に向《む》いてるから、朝、強い日ざしがさしこむ。それで、目がさめるんだよ」

それを聞いて、雄矢《ゆうや》が、にやりと笑《わら》った。

「聞いたか？　この出窓《でまど》からは、太陽《たいよう》の光がさんさんとさしこむそうだ。そして、この人形は、窓《まど》のま下においてある。強い日光があたれば、人形が熱《ねっ》せられて、涙《なみだ》のひとすじ分ぐらい、インクが溶《と》けても、おかしくない」

「だけど、けさはどうだったんだよ？」

拓海先輩《たくみせんぱい》が、声をはりあげて、雄矢《ゆうや》につめよった。

「おれたちが来たとき、涙《なみだ》のあとは、ほんのひとすじしか、ついてなかったんだぞ。つまり、けさは、人形は血《ち》の涙《なみだ》を流《なが》さなかった。これはどう説明《せつめい》するんだ？」

「今日は朝から雨ですよ、二宮先輩《にのみやせんぱい》。日はさしていません」

あ、そうだった……。

「日があたらなかったから、インクは溶《と》けなかった。これで説明《せつめい》がつきますよね」

「……そ、そうかもしれないけど」

うつむく拓海先輩《たくみせんぱい》に、雄矢《ゆうや》は、勝《か》ちほこったように胸《むね》をはった。

「というわけです、山岡先輩《やまおかせんぱい》。血《ち》の涙《なみだ》を流《なが》す人形だなんて、だれかがしくんだ、いたずらでしょうね」

「なんだ、バカバカしい。さっそく、あとで捨《す》てに行ってくるよ」

雄矢《ゆうや》から、頭と胴体《どうたい》がばらばらになったキューピー人形を受《う》けとると、山岡《やまおか》さんのお兄ちゃんは、はきすてるようにいった。

「ええ、それがいいですよ。それじゃあ、ぼくはこれで」

雄矢《ゆうや》は、えらそうに、うなずくと、あたしたちをかきわけて、部屋《へや》を出ていく。でも、階段《かいだん》をおりかけたところで、急《きゅう》に足を止めて。

「二宮先輩《にのみやせんぱい》、約束《やくそく》は守《まも》ってくださいよ」

「……なんだと？」

「とぼけないでくださいよ。ぼくはいま、心霊現象《しんれいげんしょう》とやらを、科学的《かがくてき》に解明《かいめい》したんです。約束《やくそく》どおり、心霊探偵団《ゴーストハンターズ》には解散《かいさん》してもらいますよ」

そういって、雄矢《ゆうや》は返事《へんじ》も聞かず、階段《かいだん》をおりていった……。

4 心霊探偵団《ゴーストハンターズ》、解散《かいさん》？

ああ、どうしよう……。

家に帰ったあたし、深々《ふかぶか》とため息《いき》。

あれから、山岡《やまおか》さんのお家を出たあと、あたしたち心霊探偵団《ゴーストハンターズ》は、雨の中で、長々と立ち話をしたの。もちろん、話題《わだい》は、雄矢《ゆうや》がいったこと。

『拓海先輩《たくみせんぱい》、解散《かいさん》なんかする必要《ひつよう》ないぜ！』

玄太《げんた》がそういうと、さくらちゃんもうなずいてたっけ。

『そうだよ！　あたしたち、べつに失敗《しっぱい》なんかしてないもん！』

めずらしく美湖《みこ》さんも、二人を応援《おうえん》してた。

『さくらちゃんのいうとおりです。雄矢《ゆうや》くんは、わたしたちが心霊捜査《しんれいそうさ》をする前に、すべてを解明《かいめい》してしまったんです。そもそも、勝負《しょうぶ》なんかになってないんです』

でも、拓海先輩《たくみせんぱい》は、考えこんじゃって。

『でも、関口《せきぐち》は納得《なっとく》しないと思う。おれたちが解散《かいさん》しないと知ったら、今日のこと、自分からいいふらすだろう。そうなったら、だれもおれたちを信用《しんよう》しなくなるかも……』

あたしも、拓海先輩《たくみせんぱい》のいうとおりだと思った。あの雄矢《ゆうや》のことだもん、実際《じっさい》にあったこと以上《いじょう》に、話を大げさに語りそうだし。

それで、みんなも、しゅんとなっちゃってね。とにかく、明日のお昼休みに、また、屋上《おくじょう》に集合《しゅうごう》して、話しあうことになったんだけど。

でも、明日になっても、べつに話しあうこともなさそうだし……。

やっぱり、心霊探偵団《ゴーストハンターズ》、解散《かいさん》かもなぁ……。

まあ、あたしとしては、それでもいいような気もするけど。もともと、やりたくてやってたことでもないんだから。

……でもなぁ。こんなことでやめるのも、なんか、くやしい気もするしなぁ
……。

「春菜《はるな》、おばあちゃんからの手紙、読んだ？」

とつぜん、ママが、あたしの部屋《へや》に入ってきた。

「え？　おばあちゃんからの手紙？　なにそれ？」

「あらやだ。気がついてないの。ほら、机《つくえ》においてあるじゃないの」

あきれ顔のママの視線《しせん》の先に、一通の白い封筒《ふうとう》がおいてあった。

ほ、ほんとだ。ぜんぜん、知らなかった。

「ちゃんと、お返事《へんじ》書きなさいよ。ママ、あの人の娘《むすめ》だからね、ようくわかるの。ほうっておくと、ぜったい、電話をかけてきて『ありがとうもいえないのか』とか『この礼儀《れいぎ》知らずめ』とか、うるさいんだから」

「う、うん、わかった……」

それにしてもなんだろ。いままで、お手紙なんて、いちども送《おく》ってこなかったのに。

あたしは、すぐに、封筒《ふうとう》を開《ひら》いてみた。

中から出てきたのは、便《びん》せんが三枚《まい》。そこには、鉛筆《えんぴつ》で書いた、太くて黒々とした大きな字が、ぎっしりとならんでいて。


春菜《はるな》、元気かい?

いや、そうじゃないだろ? いま、めっちゃ、落《お》ちこんでるだろ?

ふふ、ばあちゃんには、わかるんだよ。だって、スーパー霊能力者《れいのうりょくしゃ》アフロディーテ・スワンは、過去《かこ》も未来《みらい》もお見とおしだからね!

ばあちゃんね、おまえが東京をはなれてから、毎週、おまえのことを、タロットで占《うらな》っているのさ。でも、いままでは、そんなにひどいカードも出なかったから、まあ元気にやってるんだろうなと、思ってたんだ。

だけど、今週にかぎって、おかしなカードが、続々《ぞくぞく》と出たんだよ。それで心配《しんぱい》

スーパー霊能力者《れいのうりょくしゃ》アフロディーテスワン営業中《えいぎょうちゅう》だよ!!

になってね、こうして手紙で、いろいろとアドバイスをしてやろうと思ったわけ。
じゃあ、いったい、どんなカードが出たのか。
まず、『いまの春菜《はるな》』を占《うらな》った。
出てきたカードは、『悪魔《あくま》』。意味《いみ》は『うらぎり』とか『悪意《あくい》』。
次《つぎ》に、『これから、どうすべきか』を占《うらな》った。
出てきたのは、『月』の逆位置《ぎゃくいち》。逆位置《ぎゃくいち》ってのは、逆《さか》さまになってることだよ。
で、この意味《いみ》は、『小さなミス』とか『見落《みお》とし』。
そして、『未来《みらい》の春菜《はるな》』を占《うらな》った。
出てきたのは、『星』。意味《いみ》は、『希望《きぼう》』、『ひらめき』。
さあ、ここから、なにが読みとれる？　かんたんだね。
いま、身《み》のまわりに、おまえをこまらせようと考えているやつがいる。
それを解決《かいけつ》するためには、おまえが、見落《みお》としてることを、見つけることだ。
ただし、それは、とっても小さなことだから、そうとうがんばらなくちゃいけないだろうけどね。

でも未来《みらい》は明るい。おまえは、きっと、なにかひらめいて、問題《もんだい》を解決《かいけつ》できる。

おまえは、ばあちゃんの孫《まご》だし、デコピンで霊感《れいかん》も分けてやったんだからね。

だいじょうぶ！　希望《きぼう》をもって、前に進《すす》みなさい。わかったね！

松平《まつだいら》つる

なんか、じーんとしちゃった……。

あたしのことを心配《しんぱい》して、占《うらな》ってくれてたんだと思うと、うれしいというか、ありがたいじゃない？

まあ、おばあちゃんのタロット占《うらな》いは、ちょっと、いや、かなりあやしいとは思ってるんだけど。

……でも、占《うらな》い、ぜんぜん、あたってないわけじゃないよね。

だって、たしかにいま、あたし、こまってる。あたしだけじゃなくて、心霊探偵団《ゴーストハンターズ》のみんなだけど。そして、その原因《げんいん》は……。

『いま、身《み》のまわりに、おまえをこまらせようと考えているやつがいる』

それって、関口雄矢《せきぐちゆうや》のことだよね。

『悪魔《あくま》』のカードには『悪意《あくい》』っていう意味《いみ》があるっていうけど、まちがいなく、雄矢《ゆうや》はあたしたち心霊探偵団《ゴーストハンターズ》のことを、きらっていて、やっつけようとしているわけだし。

とはいえ……。

『それを解決《かいけつ》するためには、おまえが、見落《みお》としてることを、見つけることだ』

見落《みお》としていることって、なに？

思いあたることすら、ないんだけど。

『でも未来《みらい》は明るい。おまえは、きっと、なにかひらめいて、問題《もんだい》を解決《かいけつ》できる』

そういわれてもなぁ。過去《かこ》も未来《みらい》もお見とおしのスーパー霊能力者《れいのうりょくしゃ》なら、いつ、どんなふうにひらめくのかも、教えてほしいよ。だけど、そこはわからないんでしょ。

やっぱり、タロット占《うらな》いなんて、たよりにならないんじゃない？

『だいじょうぶ！　希望《きぼう》をもって、前に進《すす》みなさい』

お手紙の最後《さいご》の一行を、あたしは、いつまでも見つめていた……。


そして、次《つぎ》の朝。教室に入ったとたん。

「おい、インチキ心霊探偵団《ゴーストハンターズ》のインチキ霊能力者《れいのうりょくしゃ》の登場《とうじょう》だぞ！」

いきなり、男子に笑《わら》われた。

「なんでもかんでも、オカルト現象《げんしょう》や、怪談《かいだん》にしたてあげてみせまーす」

「みんなを、ビビらせるのが、大好《だいす》きなんでーす」

「でも、科学のことは、さっぱり、わかりませーん」

教室に、男子たちの笑《わら》い声が、こだまする。

……ああ、もう広まってるんだ、昨日《きのう》のこと。

あたしは、なにもいわずに、自分の席《せき》へ向《む》かった。こういうときは、なにをいってもむだだもの。ところが……。

「ちょっと、みんな、やめなさいよ！」

うそでしょ！　村井《むらい》さつきさんが、男子たちの前に、立ちはだかってる！

「春菜《はるな》さんが、あなたたちになにをしたっていうの！　だいたい、同じクラスの人を、からかうなんて、ぜったいによくないことよ！　これ以上《いじょう》、なにかいったら、あたし、後藤《ごとう》先生に報告《ほうこく》するからね！」

村井《むらい》さん、すごい迫力《はくりょく》。

「こ、こわ……」

「うちのクラスの学級委員《がっきゅういいん》には、さからえないよなぁ」

あたしを笑《わら》っていた男子たちが、首をすくめて、引きさがるのをたしかめると、村井《むらい》さんは、あたしの席《せき》まで走ってきた。

「春菜《はるな》さん、だいじょうぶ？」

「平気《へいき》、平気《へいき》。それより、あたしのこと、かばってくれて、ありがとう」

「このぐらい、あたりまえだよ。あたし、春菜《はるな》さんに助《たす》けてもらったんだし」

村井《むらい》さんがいってるのは、あたしが転校《てんこう》してきて、すぐのこと。あやしい霊《れい》にとりつかれてこまっていたのを、お祓《はら》いしてあげたのよね。

とはいっても、とりついていたのが武士《ぶし》の霊《れい》だと見ぬいたのは玄太《げんた》で、お祓《はら》いをしたのはさくらちゃん。あたしは相談《そうだん》にのってあげただけなんだけど。

「それにしても、心霊探偵団《ゴーストハンターズ》、たいへんなことになっちゃったね」

え？　それじゃあ、村井《むらい》さんも知ってるの？

「もちろんよ。もう、学校じゅうのうわさになってるもの」

学校じゅうで？　なんか、ずいぶん、うわさが広まるの、早いなぁ。

雄矢《ゆうや》のことだもの、さっそく五年生たちに話しているだろうとは思ったけど、朝の会すらはじまってないいま、四年生まで知ってるとは予想《よそう》してなかった。

まさか、二組の山岡《やまおか》さんが……。

「ちがうわよ。山岡《やまおか》さんには、さっき会ったけど、すごく、申《もう》しわけながってたよ。こんなことになっちゃって、春菜《はるな》さんに悪《わる》いことしたって」

それじゃあ、いったいどうして？

「塾《じゅく》よ。港《みなと》ゼミナール」

港《みなと》ゼミナール？

「あ、春菜《はるな》さん、知らないのか。このあたりでは有名《ゆうめい》な進学塾《しんがくじゅく》よ。進学実績《しんがくじっせき》もすごいから、王免小《おうめんしょう》からも、中学受験《ちゅうがくじゅけん》を目ざす生徒《せいと》がたくさん通ってるの」

で、雄矢《ゆうや》も、その一人なんだそうで。

「関口《せきぐち》って人、昨日《きのう》の夜、塾《じゅく》で、春菜《はるな》さんたち心霊探偵団《ゴーストハンターズ》の失敗《しっぱい》のことを、おもしろおかしくしゃべったんだって。それを聞いた子たちが、けさの登校《とうこう》のとき、みんなに話したもんだから、一気に広がったのよ」

その瞬間《しゅんかん》、心の中が、ざわっとした。

おかしい……。なにがおかしいのか、自分でも、よくわからない。

けど、なんだか、とんとん拍子《びょうし》に進《すす》みすぎというか……。

だって、雄矢《ゆうや》が、心霊探偵団《ゴーストハンターズ》に勝負《しょうぶ》をいどんできてから、一週間もたってない……。

ん？　ちょっと待《ま》って。そういえば、山岡《やまおか》さんの家に、雄矢《ゆうや》が来たとき……。

「……春菜《はるな》さん？　どうしたの、だまりこんじゃって」

はっと、顔をあげると、村井《むらい》さんが、心配《しんぱい》そうにあたしを見つめていた。

「春菜《はるな》さん、そんな顔しないで。あたしは味方《みかた》だよ。だれがなんといおうと、あたしは、春菜《はるな》さんのことも、心霊探偵団《ゴーストハンターズ》のことも、信《しん》じて……」

「ねえ、村井《むらい》さん。その港《みなと》ゼミナールって、小学生だけの塾《じゅく》なの？」

思いがけない質問《しつもん》に、村井《むらい》さん、一瞬《いっしゅん》、目を白黒。

「え？　ううん、中学生と高校生もいるけど。それが、なにか……」

「ありがとう、村井《むらい》さん！　ちょっと行ってくるね！」

「は、春菜《はるな》さん？」

びっくりしている村井《むらい》さんをおしのけて、あたしは、教室をとびだした。

向《む》かったのは、すぐおとなりの四年二組の教室。

「山岡《やまおか》さん！」

教室の入り口で声をかけた瞬間《しゅんかん》、二組の生徒《せいと》たちの視線《しせん》が、いっせいに集《あつ》まった。どれも、あたしのことを、バカにしたような、目つき。

そんな生徒《せいと》たちのあいだから、山岡《やまおか》さんが、あわあわしながら、走ってくる。

そして、あたしをおしだすようにろうかに連《つ》れだすと、両手《りょうて》を合わせて、ぺこり。

「……ご、ごめんね。あたし、こんなことになるなんて、思いもよらなくて……」

「そんなことはいいの。それより教えて。山岡《やまおか》さんのお兄ちゃんが通ってる塾《じゅく》って、どこ？」

山岡《やまおか》さん、さっきの村井《むらい》さんみたいに、目を白黒。

「お兄ちゃんの塾《じゅく》？　港《みなと》ゼミナールだけど……」

やっぱり！

「ありがとう、山岡《やまおか》さん！　あ、昨日《きのう》のことは、ほんとに気にしなくていいから！」

ぽかんとしている山岡《やまおか》さんを残《のこ》して、あたしは、また一組へ。

そうだよ！

おばあちゃんがいってた『見落《みお》としていること』って、そういうことだったんだよ！

お昼休み。

給食《きゅうしょく》が終《お》わると、あたしは屋上《おくじょう》へダッシュ。だって、一刻《いっこく》も早く、みんなに伝《つた》えたいことがあるんだもの。

屋上《おくじょう》に出てみると、もう、拓海先輩《たくみせんぱい》、美湖《みこ》さん、玄太《げんた》にさくらちゃんが来ていた。でも、そのふんいきときたら、まるでお葬式《そうしき》みたい。

「ああ、春菜《はるな》も来たか。よし、それじゃあ話しあいを……」

「ちょっと待《ま》って！　その前に、あたしから、話があるの！」

勢《いきお》いこむあたしを、四人は、びっくりしたように見つめてる。

えへへへ、おどろくのは、あたしの話を聞いてからにしてほしいな！

それから、あたしは、順《じゅん》を追《お》って、話をはじめた。
・五月十三日。社会科見学の日。
須磨《すま》の浜《はま》で、とつぜん、雄矢《ゆうや》が、心霊探偵団《ゴーストハンターズ》に勝負《しょうぶ》をいどんできた。

『そのうち、きっとまた、だれかが、心霊現象《しんれいげんしょう》がおきたって、いいだすはずです』
・五月十六日
四年二組の山岡《やまおか》さんが、あたしに、血《ち》の涙《なみだ》を流《なが》すキューピー人形のことを相談《そうだん》に来た。
・五月十七日
心霊探偵団《ゴーストハンターズ》が心霊捜査《しんれいそうさ》をしようとしたところで、雄矢《ゆうや》が人形のしかけを発見《はっけん》。

そして、心霊探偵団《ゴーストハンターズ》に解散《かいさん》をせまった……。

「なんだか、できすぎだと思わない？」

ふだん、心霊探偵団《ゴーストハンターズ》にくる相談《そうだん》は、恋《こい》のおまじないを教えてとか、そんなのばかり。

なのに、雄矢《ゆうや》が『そのうち、きっとまた……』っていってから、たった三日後に、血《ち》の涙《なみだ》を流《なが》す人形の相談《そうだん》がくるなんて、いくらなんでも、タイミングがよすぎでしょう？

「つまり、雄矢《ゆうや》は、山岡《やまおか》さんの相談《そうだん》のことを、あらかじめ知っていたっていうのか？」

「もちろん。だって、それも雄矢《ゆうや》と山岡《やまおか》さんのお兄ちゃんの計画の一部《いちぶ》だったんだから」

「なんだと！」

玄太《げんた》とさくらちゃんが、二人同時に、とびあがった。

「それじゃあ、あの二人は、知り合いだったの？」

「うん。二人とも、港《みなと》ゼミナールっていう、進学塾《しんがくじゅく》に通ってるの」

「ちょっと待《ま》てよ、春菜《はるな》」

拓海先輩《たくみせんぱい》が口をはさんできた。

「あの塾《じゅく》は、生徒数《せいとすう》が、かなり多いところだ。小五と中三じゃ、授業《じゅぎょう》の時間もずれてるはずだし、それだけで、知り合いとはいいきれないぞ」

そういうと思った。でも、あたし、午前中、四年一組の男子で、港《みなと》ゼミナールに通っている子に聞いてみたんだ。そうしたら、わかったの。

雄矢《ゆうや》は、理科がものすごく得意《とくい》で、特別《とくべつ》に中三の理科の授業《じゅぎょう》にも参加《さんか》してるってね。

「でも、ただの知り合いじゃない。雄矢《ゆうや》が、山岡《やまおか》さんの家に遊《あそ》びにいくほど、仲《なか》がよかったはずなんだよ」

「どういうこと？」

「山岡《やまおか》さんの家に行ったときのこと、思いだしてみて」

あの日、雄矢《ゆうや》は、あとから来た。でも、どうして家がわかったの？　雄矢《ゆうや》は、あたしと同じ転校生《てんこうせい》。学年がちがう人の家なんか、知らないはず。

なのに、あのとき、雄矢《ゆうや》はインターホンを鳴らしもせず、勝手《かって》に階段《かいだん》を上がってきた。

「初《はじ》めてたずねる家で、ふつう、そんなことすると思う？」

つまり、こういうこと。

心霊現象《しんれいげんしょう》を認《みと》めない雄矢《ゆうや》は、あたしたちのことを、目の敵《かたき》にしていた。そこで、あたしたちを笑《わら》いものにする計画を考えた。

それが、あの血《ち》の涙《なみだ》を流《なが》すキューピー人形。

人形のしくみを考えたのは、たぶん雄矢《ゆうや》だと思うけど、とにかく、山岡《やまおか》さんのお兄ちゃんに話を持《も》ちかけて、二人で人形を作ったはず。

それから、雄矢《ゆうや》が、あたしたちに勝負《しょうぶ》をいどむ一方、山岡《やまおか》さんのお兄ちゃんは、妹に、『ゴミ捨《す》て場から拾《ひろ》ってきた人形が、血《ち》の涙《なみだ》を流《なが》した』と、キューピーさんを見せた。

おどろいた山岡《やまおか》さんは、あたしに相談《そうだん》。

あとは、心霊探偵団《ゴーストハンターズ》の目の前で、雄矢《ゆうや》が人形のしかけを発見《はっけん》するお芝居《しばい》をすれば……。

「そ、そういうことだったのか！」

拓海先輩《たくみせんぱい》の顔が、みるみる引きつっていった。

「すべて、おれたちをおとしいれるために、しくまれたことだったんだな！」

「くっそう！　雄矢《ゆうや》のやつ、ぜったいにゆるさないぜ！」

玄太《げんた》も、顔をまっ赤にして、こぶしをふりあげてる。そのとなりでは、さくらちゃんが、ぴょんぴょんとびはねていて。

「そうだよ、そうだよ！　玄太《げんた》ちゃん、ぼかーんと一発《ぱつ》、なぐっちゃえ～！」

「ちょっと待《ま》って」

あ、美湖《みこ》さん。

「みんな、落《お》ちついてちょうだい」

「これが落《お》ちついてられるか！　おれたち、だまされたんだぞ！」

「それは、春菜《はるな》さんの話がほんとうなら、でしょう？」

ええっ！　ひどい！　美湖《みこ》さん、あたしのこと、疑《うたが》うの？

「いいえ。わたしがいいたいのは、いまの話を裏《うら》づける証拠《しょうこ》はないってことよ」

だって、雄矢《ゆうや》は、知らないはずの山岡《やまおか》さんの家に、ずかずか上がってきたし
……。

「そんなことは、いくらでもいいわけができるわ。家の場所《ばしょ》はだれかに聞いたとか、玄関《げんかん》を開《あ》けたら、二階《かい》から声がしたので、上がってみたとか、いろいろとね」

そ、それはそうかもしれないけど。でも……。

「みんな、聞いて。わたしも、春菜《はるな》さんの推理《すいり》のとおりだろうとは思う。でも、

だからこそ、注意《ちゅうい》したほうがいいわ。こんなによく考えられた計画をたてた二人だもの、いいのがれだって、あらかじめ、考えてあるにちがいないって」

「それじゃあ、おれたち、だまされっぱなしってことか？」

拓海先輩《たくみせんぱい》の言葉《ことば》に、美湖《みこ》さん、両目《りょうめ》をとじると、悲《かな》しそうにうなずいた。

「はい。少なくとも、いまのところは、なにもできません……」

「そんな！　おれは、納得《なっとく》いかないぜ！」

「玄太《げんた》くん、わたしだって、くやしいわ。でも、いま、あなたが雄矢《ゆうや》くんをなぐれば、心霊探偵団《ゴーストハンターズ》は、インチキなだけじゃなくて、乱暴《らんぼう》もののグループだってことになるわ」

……た、たしかに。

「とにかく、昼休みも終《お》わりだし、どうしたらいいか、もういちど考えましょう」

みんな、がっくりとうなだれると、それぞれの教室にもどっていった。

5 そして、ふたたび人形が……

その日、あたしは家に帰ったあとも、気持《きも》ちがおさまらなかった。

せっかく、雄矢《ゆうや》のたくらみを見やぶったと思ったのに！

もう、くやしくて、くやしくて、たまらない！

わざと、階段《かいだん》をふみならして、自分の部屋《へや》にあがると、ランドセルをイスの上に、乱暴《らんぼう》に投《な》げだした。

そこで、机《つくえ》の上においたままの、封筒《ふうとう》が目に入った。

そう、おばあちゃんからのお手紙。

『それを解決《かいけつ》するためには、おまえが、見落《みお》としてることを、見つけることだ』

見つけたよ！　あたし、雄矢《ゆうや》が、山岡《やまおか》さんの家に勝手《かって》に入ってきたという、小さな事実《じじつ》に、気がついたんだよ！　それなのに……。

『でも未来《みらい》は明るい。おまえは、きっと、なにかひらめいて、問題《もんだい》を解決《かいけつ》できる』

ぜんぜん解決《かいけつ》できてないよ！

おばあちゃんの占《うらな》いなんて、やっぱり、インチキじゃないの！

「春菜《はるな》ぁ～。あなたに電話よ～」

階段《かいだん》の下から、ママの声がした。

あたしに電話？　だれだろ……。

あ、もしかして、美湖《みこ》さんかも！　わざわざ電話をかけてくるってことは、新しい証拠《しょうこ》を見つけたんじゃない？　うん、きっとそうだよ！

あたしは、がばっと立ちあがると、階段《かいだん》をかけおりた。

「もしもし、美湖《みこ》さん？」

ところが、受話器《じゅわき》の向《む》こうから聞こえたのは、かぼそい声。

「もしもし、一条《いちじょう》さん？　あたし……」

「え？　山岡《やまおか》さん？」

「うん……。ごめんね、急《きゅう》に電話をかけたりして……」

なんだか、ひどくおびえているような感《かん》じ。

それに、ときどき、しゃくりあげてる。まさか、泣《な》いてる？

「どうしたの、山岡《やまおか》さん。なにかあったの？」

「に、人形が……。あのキューピー人形が……」

「え？　キューピー人形が、どうかしたの？」

「……もどってきたの。一人で、帰ってきたのよ……」


あたしは、山岡《やまおか》さんの家に向《む》かって、自転車《じてんしゃ》をとばした。

電話の話では、昨日《きのう》の夜、お兄ちゃんが捨《す》てたはずのキューピー人形が、今日、家に帰ってみたら、もとの場所《ばしょ》にもどっていたらしい。

『いま、お母さんもお兄ちゃんもいないの。家にたった一人なの。あたし、こわくてたまらないよ。おねがい、一条《いちじょう》さん、すぐに来て』

山岡《やまおか》さんは、電話の向《む》こうで、泣《な》きじゃくっていたっけ。

山岡《やまおか》さんの家に着《つ》くと、あたしは、インターホンも鳴らさず、がらっと玄関《げんかん》を開《あ》けた。

「山岡《やまおか》さん！　あたし！」

「一条《いちじょう》さん、ありがとう！　あたし、ほんとうにこわくて、こわくて……」

自分の部屋《へや》からとびだしてきた山岡《やまおか》さんが、階段《かいだん》の上であたしをむかえてくれた。

「うん。それで、キューピーさんはどこ？」

「お兄ちゃんの部屋《へや》よ。前と同じように、出窓《でまど》のところに……」

あたしは、山岡《やまおか》さんをその場に残《のこ》して、お兄ちゃんの部屋《へや》のドアを開《あ》けた。

そして、明かりをつけると……。

ほ、ほんとだ……。

キューピー人形が、両手《りょうて》と両足《りょうあし》をつきだして、ちょこんとおすわりしてる。場所《ばしょ》と姿勢《しせい》はもちろん、雄矢《ゆうや》がもいだ首も、いまは、ちゃんと胴体《どうたい》とつながってて、すべてが、昨日《きのう》見たときと、まったく同じ……。

いや、ちがう。左目の下の赤い涙《なみだ》のすじ、少し、うすくなってない？

昨日《きのう》、最後《さいご》に見たときは、雄矢《ゆうや》がライターの火を近づけて、わざとインクを流《なが》させたせいで、赤黒いあとが、くっきりとこびりついてたはず。

それが、いまは、ところどころ、かすれてさえいる。まるで、だれかが、洗《あら》い流《なが》したみたいに……。いったいどういうこと？

あたしは、おそるおそる、キューピーさんをつかんでみた。

「わっ！」

「一条《いちじょう》さん、どうしたの？　だいじょうぶ？」

ろうかから、山岡《やまおか》さんがおびえたように声をあげた。

「う、うん。だいじょうぶ。ただ、キューピーさんの表面《ひょうめん》が、ぬれていたから、びっくりしただけだよ」

でも、ただの水じゃないみたい。さわった瞬間《しゅんかん》、ねちゃって、いやな感《かん》じがしたもの。いまも、手のひらが、べたべたするし。これって、いったい……。

「それ、たぶん、海の水よ……」

海？

「昨日《きのう》一条《いちじょう》さんたちが帰ったあと、お兄ちゃん、その人形を海に捨《す》てに行ったのよ」

ってことは、このキューピーさん、海からあがってきて、ここまで来たってこと？

そ、それは、想像《そうぞう》するだけで、ぶきみ……。

「でしょ！」

山岡《やまおか》さんは、引きつったような声をあげた。

「頭と体がばらばらだったのに、元どおりになって、もどってきたのよ！　それも、海の水にぬれたまま！　これって、やっぱり心霊現象《しんれいげんしょう》よね！　一条《いちじょう》さん、なんとかならない？」

い、いや、そういわれても、あたしには、どうしたらいいか、わからない……。

「ねえ、山岡《やまおか》さん。いまから、拓海先輩《たくみせんぱい》たちをここによんでもいい？」

「もちろんよ！　電話は下にあるから、使《つか》って！」

さいわい、まだ四時前だったこともあって、心霊探偵団《ゴーストハンターズ》の全員《ぜんいん》が、電話に出てくれた。

「みんな、すぐ来てくれるって」

「ああ、よかった……」

そうはいったものの、山岡《やまおか》さん、やっぱり青い顔をしてる。拓海先輩《たくみせんぱい》たちが来るまでは、こわくて二階《かい》には上がれないって、一階《かい》のリビングから、動《うご》こうともしない。

しかも、最後《さいご》にさくらちゃんに電話をしてから、一分もたってないというのに、

「ねえ、一条《いちじょう》さん。みんな、まだ来ないのかな。すぐっていってたんでしょ？」

なんていうありさま。

「すぐっていっても、十分ぐらいはかかると思うよ」

「……そう」

山岡《やまおか》さんは、そういったきり、だまりこんじゃった。

でも、そのおかげで、あたしには、考える時間ができた。

それにしても、いったいどういうことなんだろ。

捨《す》てたはずの人形が、一人で帰ってくるなんて、ありえない。

だれかが、ここまで運《はこ》んできたと考えるのが、ふつうだよね。

……ってことは、もしかして、また、雄矢《ゆうや》の悪《わる》だくみ？

でも、心霊探偵団《ゴーストハンターズ》は、もうじゅうぶん、学校じゅうの笑《わら》いものになってるんだ

し、これ以上《いじょう》、あたしたちを、おとしいれる必要《ひつよう》はないと思うんだけど。

だいたい、そんな時間もないはず。下校時刻《げこうじこく》はみんないっしょだもの。

雄矢《ゆうや》じゃないとしたら、山岡《やまおか》さんのお兄ちゃん？

妹を、またこわがらせようと、捨《す》てたってうそをついたのかも。ほんとうは、どこかにかくしておいて、けさ、人形を出窓《でまど》において学校へ行ったとか……。

ううん、ちがう。それじゃあ、キューピーさんが、海水まみれになってることの説明《せつめい》がつかない。やっぱり、お兄ちゃんは、海へ捨《す》てに行ったんだよ……。

考えているうちに、あたしの頭の中に、海のイメージが広がった。

青い海。白い波《なみ》。クリーム色の砂浜《すなはま》。波《なみ》うちぎわに転《ころ》がるキューピー人形。

キューピー人形？　な、なんで、そこで人形が？

でも、頭の中では、そのイメージが消《き》えない。

よせる波《なみ》とひく波《なみ》。そのたびに、ぬれた砂《すな》の上を、ころころと転《ころ》がる、ぷっくりしたキューピー人形……。

『おい、あそこに、変《へん》な人形が、落《お》ちてるぜ。ぶきみじゃね？』

とつぜん、男子の声がよみがえった。どこかで、聞いたことがあるセリフ。

あれは、たしか、社会科見学のとき。最初《さいしょ》におとずれた、須磨《すま》の浜《はま》でだった
……。

そう気づいたら、こんどは、教頭先生の声がよみがえった。

『そのためには、人形を海に流《なが》せばいいのだそうです』

海。人形。流《なが》す……。

「ああっ、もしかして！」

「な、なに、一条《いちじょう》さん！」

山岡《やまおか》さんが、ぎょっとした顔であたしをふりかえってる。でも、あたし、そんなことにはおかまいなく、がばっと立ちあがった。

「そうか！　おばあちゃんがいってた、見落《みお》としてることって、これだったんだ！」

「お、おばあちゃん？　それっていったい……」

「あたしのおばあちゃんよ。『スーパー霊能力者《れいのうりょくしゃ》アフロディーテ・スワン』！」

やっぱり、おばあちゃんの占《うらな》いのとおりだった。お手紙に書いてあったもの。

『でも未来《みらい》は明るい。おまえは、きっと、なにかひらめいて、問題《もんだい》を解決《かいけつ》できる』って。

「おばあちゃん、あたし、ひらめいたよ！　こんどは、ぜったいだいじょうぶ！」

あっけにとられる山岡《やまおか》さんが、ぽかんとした顔で、あたしを見あげたとき。

ピンポーン
心霊探偵団《ゴーストハンターズ》がやってきた。


そして、次《つぎ》の日……。

放課後《ほうかご》、あたしたち心霊探偵団《ゴーストハンターズ》の五人は、須磨《すま》の浜《はま》へ。

有名《ゆうめい》な場所《ばしょ》だけど、今日は木曜日。しかも、もう夕方の五時すぎだから、遊《あそ》びに来ている人も、少ない。

目の前には、暮《く》れかけの空と同じ、あかね色の海が広がってる。

そして、足もとには、白い木で作られた小さな舟《ふね》。

その上には、キューピーさんが、ちょこんとおすわり。

「春菜《はるな》、みごとな推理《すいり》だったな」

目を細める拓海先輩《たくみせんぱい》の横《よこ》で、さくらちゃんが、こくっとうなずいた。

「ほんと。うちのおばあちゃんも、ほめてたよ。『さすがは、松平《まつだいら》つるの孫《まご》じゃ』って」

いやあ、それほどでも～。

昨日《きのう》、山岡《やまおか》さんのお家にかけつけてきた拓海先輩《たくみせんぱい》たちに、あたしは、ひらめいたことを話したの。それは、こういうこと。
・このキューピー人形は、社会科見学の日、波《なみ》うちぎわに落《お》ちていたものだった。

・それを拾《ひろ》った雄矢《ゆうや》は、心霊探偵団《ゴーストハンターズ》をこまらせる方法《ほうほう》を思いつき、勝負《しょうぶ》をいどんできた。
・その後、雄矢《ゆうや》と山岡《やまおか》さんのお兄ちゃんは、血《ち》の涙《なみだ》を流《なが》すしかけを人形にしこんだ。
・ところが、キューピーさんは、人のけがれを背《せ》おった人形《ひとがた》だった。
・けがれを背《せ》おった人形《ひとがた》は、きちんと舟《ふね》にのせて、流《なが》してもらいたかった。
・そこで人形は、山岡《やまおか》さんのお兄ちゃんに海に捨《す》てられたあと、も、ど、っ、て、き、た。

もちろん、ぜんぶ、あたしのカン、というか、あてずっぽう。

でもね、社会科見学の日のことを、ひとつひとつ、細かく思いだしてみたら、そうとしか思えなくて。

ほら、波《なみ》うちぎわに人形が落《お》ちてたって、男子がいってたでしょう?

そして、教頭先生のお話。

『光源氏《ひかるげんじ》は、ある人から「みそぎ」をするとよい、と聞きます』

『そのためには、人形を海に流《なが》せばいいのだそうです』

『そこで、光源氏《ひかるげんじ》は、大きな人形を作って、舟《ふね》にのせ、この浜《はま》から海に流《なが》しました』

もし、キューピー人形が、人形《ひとがた》だったら……。

拓海先輩《たくみせんぱい》たちが、人形から霊気《れいき》を感《かん》じたことも、人形の体がぬれていたことも説明《せつめい》がつくんじゃないかなってね。

そこで、さくらちゃんにたのんで、拝《おが》み屋《や》さんのおばあちゃんにちゃんと調《しら》べてもらうことにしたの。そうすれば、こわがっていた山岡《やまおか》さんも安心《あんしん》だしね。

そうしたら、あたしの考えていたとおりで！

『この人形は、子どもの「けがれ」を背《せ》おっておるな』

それが、拝《おが》み屋《や》さんの最初《さいしょ》の言葉《ことば》だったそうで。

『といっても、自然《しぜん》な「けがれ」じゃ』

なんでも、人形は、持《も》ち主《ぬし》に遊《あそ》んでもらっているうち、自然《しぜん》と、その人の悪《わる》いところを身代《みが》わりとして、背《せ》おってくれるそうで。

実際《じっさい》、京都《きょうと》の石清水八幡宮《いわしみずはちまんぐう》っていうところでは、紙の人形《ひとがた》に、自分の名前を書いて、体をなで、息《いき》を三回吹《ふ》きかけると、その人の罪《つみ》やけがれが、そこにうつるので、それをお祓《はら》いするという行事《ぎょうじ》をしているらしい。

『おそらく、この人形で遊《あそ》んでいた子どもは、そんなことには、気づかなかったんじゃろ。そして、いらなくなった人形を捨《す》てたんじゃな』

ところが、キューピーさんはもうただのおもちゃの人形じゃなくて、その子の人形《ひとがた》になってた。だから、ちゃんとお祓《はら》いをしてほしかったらしい。

『その気持《きも》ちが、この悲《かな》しい目つきにも、よく表《あらわ》れておるわい』

さくらちゃんのおばあちゃんはそういうと、白い木で、人形の舟《ふね》をつくることを約束《やくそく》してくれたの。それがいま、目の前にある舟《ふね》ってわけ。

『これでわかったじゃろ？　人形は、いらなくなったからといって、むやみに捨《す》てるもんじゃない。お祓《はら》いをするとか、人形供養《くよう》に出すとかしないと、かわいそうなんじゃよ』

なるほどねぇ。たしかに、人形って、なかなかゴミに出す気になれないけどね。

あ、そうそう、今日、学校でわかったことがもうひとつ。

雄矢《ゆうや》がキューピーさんを手に入れたのは、やっぱり、この須磨《すま》の浜《はま》だったんだって。

あたし、クラスの男子に聞いたの。社会科見学の日、雄矢《ゆうや》がキューピー人形を拾《ひろ》うところを、見た人はいなかったかって。

『五年の男子が拾《ひろ》ってたよな。でも、関口《せきぐち》って人じゃなかったと思うけど』

『でもさ、その人が、また捨《す》てようとしたら、関口《せきぐち》くんが、ぼくにくれっていってたぜ』

そのとき、雄矢《ゆうや》は、にやにやしてたのがふしぎだったから、よくおぼえてたらしい。

「その話を雄矢《ゆうや》にしたら、あいつ、顔が引きつっちゃってさ！」

玄太《げんた》が、にやにやしてる。

「おれ、いってやったんだ。『おまえがやったことは、ぜんぶお見通しだぜ！』って。ついでに、人形が帰ってきたことを話したら、まっ青《さお》になっちまって、ざまあないぜ！」

「でも、信《しん》じようとはしなかったわね。人形がもどってきたのは、わたしたちのしわざだって、いいはって」

美湖《みこ》さんがあきれたように、首をふっている。

「でも、山岡《やまおか》さんのお兄さまから話を聞いたら、信《しん》じるほかないとは思うけど」

すると、さくらちゃんが声をはりあげた。

「それより、ここに連《つ》れてくればよかったんだよ！　キューピーさんを海に流《なが》してあげるところを見れば、あたしたちが正しいこと、ぜったい信《しん》じると思うんだけどな」

「いや、信《しん》じたりはしないさ。ああいうやつは、目の前に幽霊《ゆうれい》が現《あらわ》れても、信《しん》じようとはしないんだ」

拓海先輩《たくみせんぱい》、やさしい声で、さくらちゃんをなだめてる。

「というか、おれたちも、無理《むり》に信《しん》じさせる必要《ひつよう》はないんじゃないかな」

え？　どういうことですか？

「おれ、いろいろ考えたんだ。『心霊探偵団《ゴーストハンターズ》なんて、インチキだ』とか『あやしい』っていわれたからって、どうってことないって」

拓海先輩《たくみせんぱい》は、赤くそまっていく西の空を、じっと見つめている。

「『心霊現象《しんれいげんしょう》はある！』って、いいはるために、心霊探偵団《ゴーストハンターズ》があるわけじゃない。こまっている人、おびえている人を、助《たす》けてあげられれば、それでいいんじゃないかって」

へえ～。拓海先輩《たくみせんぱい》、たまには、いいことというんだね！

「『たまには』って、なんだ！　おれは、いつだって、いいことしかいわないだろ！」

さあ、それはどうかなぁ。

「春菜《はるな》！　おまえ、六年にむかって……」

「二人とも、ケンカしないで」

美湖《みこ》さんが、笑《わら》いながら、わって入った。

「それより、キューピー人形を、流《なが》してあげましょう」

うん、そうだね。

「よし、おれが流《なが》してやる」

玄太《げんた》は、白い木の舟《ふね》を持《も》ちあげると、足がぬれるのもかまわず、じゃぶじゃぶと、海の中に入っていく。それから、舟《ふね》を静《しず》かにうかべると、ぐっとおしてあげた。

「さあ、海のかなたまで、行ってこいよ～」

ふふふっ、玄太《げんた》って、けっこうやさしいところあるんだね。

「もう、もどってきちゃだめだよ～」

さくらちゃんの声にあとおしされるように、キューピーさんをのせた小舟《こぶね》は、

打《う》ちよせる波《なみ》もちゃんとのりこえて、静《しず》かに沖《おき》に向《む》かっていく。なんだか、ふし

ぎ……。

「ふしぎなことはないわ。あの人形は、持《も》ち主《ぬし》のけがれを祓《はら》ってあげようと、自分から舟《ふね》を進《すす》めているんですもの」

美湖《みこ》さんは、キューピー人形の、ぷっくりとした頭と背中《せなか》を見つめながら、やさしくつぶやいた。

そうか。うん、そうだね。

キューピーさん、とっても悲《かな》しそうな目をしていたけど、いまごろは、うれしそうな目に変《か》わってるんだろうな。

「さようなら、キューピーさん」

あたしたち心霊探偵団《ゴーストハンターズ》は、舟《ふね》が見えなくなるまで、見送《みおく》ってあげた。

MISSION
2

恐怖《きょうふ》！ 王免《おうめん》小の
“うつらない鏡《かがみ》”!!

1 なぜだか、鏡《かがみ》のふしぎな話ばかり……

「ただいま～！」

学校から帰ったあたし、くつをぬぎながら、玄関《げんかん》にランドセルを投《な》げだした。

「あー、おなかすいた。ねえ、ママ、なにかお菓子《かし》ない？　あ……」

リビングに向《む》かいかけたところで、足が止まった。

目の前の姿見《すがたみ》に、あたしがうつってる。

姿見《すがたみ》っていうのは、足もとから頭まで全身《ぜんしん》をうつす、大きな鏡《かがみ》のこと。うちでは、お出かけ前の身《み》だしなみチェック用に、玄関《げんかん》においてあるんだけどね。

「ふーむ……」

「なにやってるの、春菜《はるな》？　ファッションチェックは、出かける前にするものよ」

リビングから、ママが顔をのぞかせた。

「あ、もしかして、学校で、みんなにどう見られてたのか、気になってるわけ？ へぇ、春菜《はるな》もだんだん女子っぽくなってきたのね～」

からかうようなママの口ぶりに、あたしは、あわてて首をふった。

「ちがうって！ あたしは、理科の宿題《しゅくだい》のこと、考えてただけだよ」

「理科？ 姿見《すがたみ》と理科と、なんの関係《かんけい》があるわけ？」

首をかしげるママに、あたしは鏡《かがみ》に向《む》かって、右手をあげた。

「いい？ いま、あたしは右手をあげてるでしょ。でも、鏡《かがみ》の中のあたしは、左手をあげてるよね」

「あたりまえじゃない。鏡《かがみ》には、左右は反対《はんたい》にうつるんだから」

「だったら、どうして、上下は反対《はんたい》にならないわけ？」

「え？」

「反対《はんたい》にうつるのは、なぜ右と左だけで、上下はそのままなのかって、考えてきなさいっていうのが、今日の理科の宿題《しゅくだい》なの。ママ、わかる？」

「……え、えーっと、いきなりいわれても……」

ほうらね、けっこうむずかしいでしょ。だから、あたしは、いま、姿見《すがたみ》に自分をうつして考えていたのよ。

それにしても、ほんとにどうしてだろ？　先生に聞かれるまで、考えたことすらなかったんだけど、こうして見ると、たしかにふしぎなのよねぇ。

「春菜《はるな》、考えるのはあとにして、ランドセルを自分の部屋《へや》においてきなさい。あ、そうそう、東京のおばあちゃんから、また手紙が来てたわよ」

え？　ほんとに？　それじゃあ、あたしのお返事《へんじ》、もうとどいたんだね。

「それにしても、ネットで、いつでも連絡《れんらく》できる時代《じだい》なのに、わざわざ手紙のやりとりなんて、昔《むかし》ながらの文通でもしてるつもり？」

「だって、おばあちゃん、スマホもパソコンも持《も》ってないの、ママ、知ってるでしょ」

「でも、ふつうの電話なら、できるんじゃない？」

まあね。でも、たぶん、タロット占《うらな》いの結果《けっか》は、電話じゃ伝《つた》えきれないと思うんだ。

そのとたん、ママの表情《ひょうじょう》が変《か》わった。

「タロット占《うらな》い？」

「うん、おばあちゃんね、毎週、あたしのためにタロット占《うらな》いをしてくれてるらしいの。だから、あたし、お礼《れい》のお手紙を書いたわけ。だから、きっとまた、今週のタロットの結果《けっか》を知らせてくれたんだと思う！」

するど、ママがビミョーな表情《ひょうじょう》に。

「ねえ、春菜《はるな》。おばあちゃんの実《じつ》の娘《むすめ》のママがいうのもなんだけど、おばあちゃんのいうことなんか、まじめに信《しん》じないでちょうだい。どうせ、インチキ占《うらな》いなんだから」

インチキ？　とんでもない！　おばあちゃんの占《うらな》いのおかげで、先週、とってもいいことがあったんだから。

そういいたいところだけど、まさか、血《ち》の涙《なみだ》を流《なが》すキューピー人形の話なんか、するわけにはいかないし。なので、あたしは、にっこり笑《わら》って。

「わかってるって。占《うらな》いなんて、気分の問題《もんだい》だもんね」

あたしは、ランドセルを拾《ひろ》いあげると、階段《かいだん》を上がった。部屋《へや》に入ってみたら、ママのいったとおり、机《つくえ》の上には、封筒《ふうとう》がおいてある。

わくわくしながら、ハサミで封《ふう》を切ると、中から出てきたのは、このあいだと同じ、白い便《びん》せんが三枚《まい》。クレヨンで書いたのかと思うほど、太くて大きな鉛筆《えんぴつ》書きの文字がならんでいるのも、同じ。

春菜《はるな》へ
おばあちゃんの占《うらな》い、ばっちりあたったみたいだね。
ま、当然《とうぜん》の結果《けっか》だね。なんてったって、行列《ぎょうれつ》ができる占《うらな》い師《し》、スーパー霊能力《れいのうりょく》

者《しゃ》アフロディーテ・スワンだからね。

行列《ぎょうれつ》ができる占《うらな》い師《し》？
おばあちゃんのお店、いつ行っても、がらがらだったけど。
って、まあ、いいや。それより、今週の占《うらな》いの結果《けっか》はどうだったのかな？
ところが、その先を読んでも、占《うらな》いについては、なにも書いてなくて。

ところで、この前の手紙に、春菜《はるな》、もうふしぎな事件《じけん》には、あんまりかかわりたくないって、書いていたね。

ああ、そういえば、そんなこと、書いたっけ。
でも、それはほんとうの気持《きも》ち。
だって、王免《おうめん》小学校に来て、まだ二ヶ月たっていないのに、げた箱《ばこ》の中に目玉がいたり、武士《ぶし》の霊《れい》が現《あらわ》れたり、先週は、捨《す》ててもどってくる人形まで登場《とうじょう》したり、たてつづけにおかしな現象《げんしょう》がおこったわけで。

どれも、最後《さいご》にはうまく解決《かいけつ》できたからよかったものの、正直、しばらくは、ああいうことは、かんべんしてほしいのよねぇ。


でも、それは無理《むり》だと思うよ。

なぜって、おまえは、小さいころ、鏡《かがみ》を割《わ》ったんだよ。知ってるかい？　鏡《かがみ》を割《わ》ると、七年間は不運《ふうん》がつづくって。

あれは、たしか、春菜《はるな》が三歳半《さいはん》ぐらいのときだったから、十歳半《さいはん》まで、つまり、あと一年ぐらいは、おかしなめにあうかもしれないね。

そんなわけだから、いろいろと気をつけるよ

うに。

もちろん、おばあちゃん、これからも、春菜《はるな》のことはタロットで占《うらな》うし、なにか不吉《ふきつ》なことがおきそうだったら、すぐに連絡《れんらく》するから。

それじゃあ、またね！

松平《まつだいら》つる

はあ？　鏡《かがみ》を割《わ》ると、七年間、不運《ふうん》がつづく？

三歳《さい》のとき、あたしが鏡《かがみ》を割《わ》った？　そんなこと、知らないよぉ。

ちょっと待《ま》ってよ、まだ一年は不運《ふうん》がつづくなんて、急《きゅう》にいわれてもこまるよ……。

っていうか、スーパー霊能力者《れいのうりょくしゃ》なら、こういうときこそ、なんとかしてほしいんだけど。

なのに、孫《まご》を不安《ふあん》にさせるなんて、おばあちゃんのすること？

ま、いいや。ママもいってたもの。おばあちゃんのいうことなんか、まじめに信《しん》じるなって。気にしない、気にしない！


「ごちそうさまでしたっ！」

給食《きゅうしょく》の時間が終《お》わって、昼休み。

給食当番《きゅうしょくとうばん》の人たちが、食器《しょっき》の片《かた》づけをするのを横目《よこめ》に、みんな、おしゃべりをはじめたり、校庭《こうてい》で遊《あそ》ぼうと教室をとびだしていったり。

で、あたしはこれから屋上《おくじょう》へ。というのも、拓海先輩《たくみせんぱい》が、月・水・金は、とくに事件《じけん》がなくても、心霊探偵団《ゴーストハンターズ》のミーティングをするって、決《き》めたからで。

「一条《いちじょう》さん、屋上《おくじょう》へ行くの？」

立ちあがったところで、後ろから声をかけられた。

見ると、同じ班《はん》の川口より子ちゃんが、あたしを見つめている。

「うん、そうだけど？」

「一条《いちじょう》さん、こわくないの？」

「こわい？　なにが？」

「鏡《かがみ》よ」

川口さん、やけにしんけんな目つきをしている。

「三階《かい》から屋上《おくじょう》へ上がる階段《かいだん》のとちゅうに、鏡《かがみ》があるでしょう？」

「え？　そうだっけ？」

屋上《おくじょう》へは、もうなんども上がってるけど、鏡《かがみ》があったかどうかなんて、気にもとめたことがない。でも、そういわれてみれば、あったような気もする……。

「それで、その鏡《かがみ》がどうかしたの？」

「うつらないことがあるのよ、あの鏡《かがみ》……」

川口さんの顔、なんだか、ひどくこわばってる。

どうも話がよくわからないけど、でも、心霊現象《しんれいげんしょう》の話っぽいような気もするし。

いちおう、心霊探偵団《ゴーストハンターズ》のメンバーとして、聞いておいたほうがいいかもね。

「川口さん、最初《さいしょ》から、きちんと話してくれる？」

実《じつ》は、去年《きょねん》の十二月ぐらいのことなんだけど。

放課後《ほうかご》、あたしは、ほかの友だち二人といっしょに、屋上《おくじょう》に行ったの。

音楽で、笛《ふえ》のテストをするっていわれたんで、三人で練習《れんしゅう》をしたのよ。

行ってみたら、ほかにも遊《あそ》んでいる子がいてね。何年生かわからないけど、男子と女子と合わせて、六、七人だったと思う。

で、しばらくしたら、下校の放送《ほうそう》が流《なが》れてきたの。それで、みんな、いっせいに屋上《おくじょう》からおりていったのよ。

ところが、三階《かい》へおりる階段《かいだん》のとちゅうで、あたし、あれって、思ったの。

鏡《かがみ》の前を通ったとき、一人だけ、鏡《かがみ》にうつっていない人がいるって。

最初《さいしょ》は、思いちがいかなって、思ったわ。それで、あたし、すぐに自分のまわりをたしかめたの。

そこにいたのは、いっしょに笛《ふえ》の練習《れんしゅう》をした友だち二人のほかに、女の子が二人。つまり、あたしをふくめて五人が、鏡《かがみ》の前を通ったってこと。

だけど……。

鏡《かがみ》には、四人しかうつっていなかったの。

あたしと、あたしの友だちの二人と、あと、もう一人の女の子だけ。

でも、鏡《かがみ》の前を通ったのは、どう見ても、五人。

だったら、一人は、どこへいっちゃったの？

そう思ったら、あたし、ぞっとしちゃって……。

それ以来《いらい》、あたし、屋上《おくじょう》に行けなくなったの。

あの鏡《かがみ》のことを思いだすと、屋上《おくじょう》につづく階段《かいだん》に近づくことさえ、こわくて……。

なるほどねぇ。それがほんとうなら、たしかにふしぎな現象《げんしょう》よね。

「でも、川口さん。このこと、そのとき、いっしょにいた友だちには話さなかったの？」

川口さんは、顔をしかめて、首をふった。

「あんまりびっくりして、声が出なかったの。それに、まわりのみんな、だれも気がつかなかったみたいで、きゃあきゃあさわぎながら階段《かいだん》をおりていっちゃったから、話すタイミングも見つからなくて……」

ふーん……。ってことは、そのとき一回だけのことだったってことか。

「……やっぱり、信《しん》じてもらえないのね」

がっくりとうなだれる川口さんに、あたしは、あわてちゃって。

「そんなことないよ！　鏡《かがみ》ってなぞめいてるなって、あたしも思うもん。ほら、理科の宿題《しゅくだい》みたいに、左右は逆《ぎゃく》にうつるのに、上下はそのままっていうのも、ふしぎじゃない？」

そうしたら、川口さん、ぱっと顔をあげた。

「だったら、このこと、心霊探偵団《ゴーストハンターズ》で調《しら》べてもらえない？」

え？

「べつに、あたしのかんちがいなら、それでもいいの。っていうか、そのほうがいいの。でも、このままだと、あたし、ずっと屋上《おくじょう》に行くことができそうにないから……」

川口さん、とっても深刻《しんこく》そうな顔をしている。ほんとうに、心の底《そこ》からこわがっているみたい。

そんな川口さんを見ていたら、頭の中に、このあいだ、拓海先輩《たくみせんぱい》がいってた言葉《ことば》がよみがえった。

『「心霊現象《しんれいげんしょう》はある！」って、いいはるために、心霊探偵団《ゴーストハンターズ》があるわけじゃない。こまっている人、おびえている人を、助《たす》けてあげられれば、それでいいんじゃないかって』

川口さんの話が、ほんとかどうかが問題《もんだい》じゃない。川口さんは、おびえてるんだから、それを助《たす》けてあげなくちゃいけないんだよね。

「わかった。それじゃあ、これから、みんなに話してみるね」

「ほんとに？　一条《いちじょう》さん、ありがとう！」

それにしても、理科の宿題《しゅくだい》のことといい、昨日《きのう》のおばあちゃんの手紙といい、急《きゅう》に鏡《かがみ》の話ばっかり、出てくるようになったけど、これって、ただのぐうぜん？

2 こわい話なんて、ただの思いこみ？

それから十分後。

あたしの話を聞いた、心霊探偵団《ゴーストハンターズ》のみんなは、屋上《おくじょう》へつづく階段《かいだん》に立っていた。

正確《せいかく》にいうと「踊《おど》り場《ば》」。階段《かいだん》のとちゅうで、向《む》きを変《か》えるために、少し広くなっているところね。川口さんのいうとおり、その壁《かべ》に、大きな鏡《かがみ》がついていて……。

それにしても、いままで、なんども、ここを通っているのに、どうして気がつかなかったんだろ。

「人の記憶《きおく》や注意力《ちゅういりょく》っていうのは、けっこう、いいかげんなものよ」

美湖《みこ》さんが、ふふっと笑《わら》った。

「わたしだって、いわれてみれば、鏡《かがみ》があったわねっていう感《かん》じだもの」

「どこの踊《おど》り場《ば》にも鏡《かがみ》はあるからな。だれも、意識《いしき》すらしないさ」

そういう拓海先輩《たくみせんぱい》の横《よこ》で、玄太《げんた》が、鼻《はな》がくっつきそうなほど顔を近づけて、鏡《かがみ》を調《しら》べている。

「べつにおかしなところはないな。おれの顔もうつってるし、春菜《はるな》も、美湖《みこ》も、拓海先輩《たくみせんぱい》も、みんな……。あれ？　さ、さくらがうつってない……」

玄太《げんた》が丸い顔を引きつらせたとき。

「じゃーん！」

鏡《かがみ》にうつった玄太《げんた》の足もとから、小さな顔が、にゅっと現《あらわ》れた。

「う、うわっ！」

「わーい、玄太《げんた》ちゃんが、ビビったぁ！」

鏡《かがみ》にうつっていたのは、さくらちゃん。どうやら、玄太《げんた》の足もとにかくれてたみたい。

「バ、バカヤロウ！　荒《あら》ぶる霊担当《れいたんとう》のおれが、こんなことでビビるわけないだ

ろ！」

いや、けっこう、マジだったと思うよ～。

「春菜《はるな》までなんだよ！　先輩《せんぱい》をからかうと、ただじゃすまさねぇぞ！」

「やめろよ、玄太《げんた》！　年下の女子に、まじめに怒《おこ》るほうが、おかしいぞ！」

拓海先輩《たくみせんぱい》ににらまれて、玄太《げんた》はしゅんとなってる。それを見ていた美湖《みこ》さん、にこにこしながら、あたしをふりかえった。

「ねえ、春菜《はるな》さん。さっきの話、やっぱり、川口さんのかんちがいじゃないかしら」

かんちがい？

「鏡《かがみ》の前の人や物《もの》が、かならずうつるわけじゃないってことよ。いまのさくらちゃんがいい例《れい》だと思わない？　小さな子が、大きな体の影《かげ》にかくれたら、うつらないこともあるわけでしょう？」

そういわれればそうですね。

「鏡《かがみ》でふしぎな現象《げんしょう》があるとすれば、むしろ、うつるべきじゃないものがうつるってことじゃないかしら」

するとヽ拓海先輩《たくみせんぱい》が、ゆっくりとあたしのほうをふりかえった。

「そういえば、夜、部屋《へや》で一人で勉強《べんきょう》していると、なんか、人の気配《けはい》がするときって、あるんだよな。で、鏡《かがみ》を見たら、後ろに、だれか立ってるのがうつってるんだよ」

ちょ、ちょっと、拓海先輩《たくみせんぱい》……。なんなの、急《きゅう》に。

「夜の十二時に、鏡《かがみ》の前で髪《かみ》をとかすと、鏡《かがみ》の中に、白い着物《きもの》の女が現《あらわ》れたって、話もよくあるな」

玄太《げんた》……。

「その女は、とっても髪《かみ》が長いんだよね。そして、にゅうっと手をのばして、相《あい》手《て》を鏡《かがみ》の中に引きずりこんじゃう！」

さくらちゃんまで！

「春菜《はるな》ちゃん、まっ青《さお》になってるぅ！　ビビってるんだぁ～！」

もう、さくらちゃん、上級生《じょうきゅうせい》をからかうのは、ほんとにやめて！

「そう怒《おこ》るなよ、春菜《はるな》」

拓海先輩《たくみせんぱい》が、なだめるように、ほほえんだ。

「こんなの、本とかテレビでよく見る、こわい話じゃないか」

え？　いまの、ただの怪談《かいだん》なの？

もう、だったら、最初《さいしょ》からそういってよ！

あのね、みんなは心霊探偵団《ゴーストハンターズ》なのよ。それが、まじめな顔して話したら、ほんとうにあったことかと思うじゃないの。

「そう、それが思いこみっていうものよ」

思いこみ？

「川口さんは、鏡《かがみ》の前に五人いれば、五人ともうつると思っていた。ところが、一人は、だれかの影《かげ》になったために、四人しかうつらなかった。そして、それを、川口さんはあやしい現象《げんしょう》がおきたと思いこんだ」

まあ、たしかに、川口さんが見た現象《げんしょう》は、そのときだけのことだったみたいだけど……。

「こわい話のほとんどは、そういう思いこみから、はじまってるの。実際《じっさい》には、かんたんに説明《せつめい》がつくようなことも、これは怪奇現象《かいきげんしょう》だって、勝手《かって》に思いこんで、それが、どんどん広まって、話が大きくなっていったにすぎないのよ」

それって、あの関口雄矢《せきぐちゆうや》っていう子がいいそうなことだけど……。

「ちがうわ。科学で説明《せつめい》できないことは、たしかにあるはずよ。少なくとも、いまの科学では解明《かいめい》できない現象《げんしょう》はある。でも、これはちがうと思うの。だって、どこからどう見ても、ふつうの鏡《かがみ》ですもの」

……そうか。そうかもね。

「でも、美湖《みこ》さん。そのことを、どうやって、川口さんに話せばいいのかな」

そんなの、あなたの思いこみだよって、頭ごなしにいったら、かえって怒《おこ》らせちゃうかもしれないし……。

「なあ、春菜《はるな》。川口さんっていう子は、どうして春菜《はるな》に相談《そうだん》したと思う？」

拓海先輩《たくみせんぱい》が笑《わら》いながら、あたしの顔をのぞきこんできた。

「こわい話をして、二人で、きゃあきゃあ、こわがるためか？　ちがうよな。まじめに話を聞いて、まじめに考えてくれる心霊探偵団《ゴーストハンターズ》のメンバーだからだろ？」

うん、そうだと思うけど。

「だったら、ふつうにいえばいいんだよ。心霊探偵団全員《ゴーストハンターズぜんいん》で、しっかり心霊捜査《しんれいそうさ》をした結果《けっか》、おかしなところは少しもなかったって。それで、信《しん》じてもらえると思うぞ」

「そうさ。なんなら、その子といっしょにこの鏡《かがみ》の前に立ってみればいい。なにも異常《いじょう》なことがおきなければ、自分の思いちがいだったって、納得《なっとく》するぜ」

なるほど。玄太《げんた》にしては、まともなことをいうね。

「春菜《はるな》ちゃん、もしほんとうに変《へん》なことがおきたら、さくらのことをよんで。『ミチキリぃ～』って、お祓《はら》いしてあげるから！」

もう、さくらちゃんったら、そればっかり。

でも、たしかにみんなのいうとおりかも。あたしたちは、こわい話が大好《だいす》きな怪談《かいだん》クラブでも、なんでもかんでも怪奇現象《かいきげんしょう》にしちゃうオカルト研究会《けんきゅうかい》でもない。その正反対《せいはんたい》。そんなの、ちっともふしぎなことじゃないよって、安心《あんしん》させてあげるのも、りっぱな心霊探偵団《ゴーストハンターズ》の仕事《しごと》だよね。

「わかった。あたし、川口さんには、ふつうにお話ししてみる」


「え？　そうなの？　それじゃあ、あれは、あたしのかんちがいだったってこと？」

教室にもどったあたしが、さっきの話をさっそく報告《ほうこく》すると、川口さんは、こまったような、でも、うれしそうな、ビミョーな顔になった。

「たぶんね。心霊探偵団《ゴーストハンターズ》全員《ぜんいん》で調《しら》べてみたけど、とくにおかしなところはなかったもの」

そういったところで、五時間目のチャイムが鳴った。

「放課後《ほうかご》、いっしょに行ってみない？　自分の目でたしかめるのが、いちばんだよ」

というわけで、授業《じゅぎょう》が終《お》わったところで、あたしは、川口さんといっしょに、屋上《おくじょう》に向《む》かった。

ところが、階段《かいだん》の下まで来たところで、川口さんの足がぴたりと止まった。

「やっぱり、こわい……」

川口さん、引きつった顔をしてる。

「だいじょうぶだって。いったでしょ、ちゃんと心霊捜査《しんれいそうさ》をしたって」

あたしは、川口さんの手をしっかりにぎってあげた。

「あたしたち、まだ四年生なんだよ。このまま卒業《そつぎょう》まで、屋上《おくじょう》に行けないってわけにはいかないでしょ？　川口さんだって、そういってたじゃない？」

「そ、そうだね……」

ようやく、川口さんは、あたしといっしょに階段《かいだん》をのぼりはじめた。

そして、踊《おど》り場《ば》についたところで、川口さんを鏡《かがみ》の前に立たせた。

「さあ、見て。どこも変《へん》なところはないはずだよ」

川口さん、あいかわらず、まっ青《さお》な顔をしているけれど、それでも、なんとか鏡《かがみ》の前に立つことができた。

「どう？　ちゃんとうつってるでしょ」

「でも、一条《いちじょう》さん。うつらなかったのは、あたしじゃなくて、あたしの後ろを通った、べつの女の子の姿《すがた》だったんだけど……」

あ、そうか。そうだったよね。

「じゃあ、あたしが、その女の子の役《やく》をやって……」

と、そのとき、下のほうから、三年生ぐらいの男子が二人、階段《かいだん》をかけあがってきた。一人の子は、胸《むね》にサッカーボールをかかえている。

あれ？　たしか、屋上《おくじょう》でのボール遊《あそ》びは禁止《きんし》じゃなかったっけ。ようし、ここは、上級生《じょうきゅうせい》として、びしっと注意《ちゅうい》しないと……。

そう思ったところで、いいことを思いついた。

「ねえ、きみたち。このおねえさんの後ろを通ってくれる？」

いきなり声をかけられて、二人の男子は、目を丸くした。

「そんなこといわれなくても、通るけど……」

「そうだよ。そうしなくちゃ、屋上《おくじょう》に上がれないじゃんか」

わかってます。でも、あたしが声をかけたのは、あなたたちの姿《すがた》が、ちゃんと、鏡《かがみ》にうつるところを、川口さんに見せたいからで。

って、そんなこといったら、よけいに変《へん》なやつだと思われる。なので、あたしは、にっこり笑《わら》って。

「そういう意味《いみ》じゃなくて、階段《かいだん》をかけあがったらあぶないから、このおねえさんの後ろを、ゆっくりと通ってねって、いってるの」

男の子たち、まだふしぎそうな顔をしていたけど、それでも、こくっとうなずくと、ふつうにゆっくりと歩きながら、川口さんの後ろを通りすぎていく。

そこで、あたしは、すかさず、川口さんに声をかけた。

「見て。ほら、男の子たち、二人とも、ちゃんとうつってるでしょ」

「う、うん……。うつってるね……」

そんな会話を耳にした男の子たち、足を止めると、小首をかしげて、あたしたちを見つめてきた。

「ねえ、いったい、なにやってるの？」

「いいの、いいの。さあ、早く屋上《おくじょう》へ行って、遊《あそ》んできなよ」

そうしたら、男の子たち、ぷうっとほっぺたをふくらませて。

「なんだよ。ゆっくり歩けっていったり、早く行けっていったり、どっちだよ」

「あの人、心霊探偵団《ゴーストハンターズ》の人じゃない？　また、変《へん》なこと、やってるんだよ」

失礼《しつれい》な！　あたしは、つまらない思いこみで、ビビったりしないよう、いろいろとがんばってるんだからね！

とまあ、これも、心の中で思っただけ。

とにかく、なんとか三年生たちがいなくなったところで、あたしは、川口さんを安心《あんしん》させるための、もうひとつの行動《こうどう》にうつった。

「この鏡《かがみ》におかしなところがないことがわかったところで、どうして、川口さんには、人が一人、うつらなかったように見えたかを説明《せつめい》するね」

あたしは、川口さんの肩《かた》をつかんで、鏡《かがみ》のはしっこのほうに引きよせた。

「いま、鏡《かがみ》にうつってるの、川口さん、一人だよね」

「そりゃそうよ。鏡《かがみ》の前に立っているの、あたしだけだもの」

「そう。あたしは鏡《かがみ》からはずれたところに立ってる。でも……」

あたしは、一歩前に出て、川口さんのま後ろに立った。ただし、ひざをまげて。

川口さんの身長《しんちょう》は、あたしと同じぐらい。でも、こうすると、すっかり川口さんの影《かげ》にかくれることができる。

「どう？　あたし、鏡《かがみ》にうつってる？」

「ううん、うつってない……」

「鏡《かがみ》の前に二人いても、たてにならんでいたら、一人しかうつらない。川口さんが、見たのも、これと同じ。つまり……」

あたしは、川口さんの背中《せなか》で、語りつづけた。

「あのとき、この鏡《かがみ》の前には、たしかに五人いたんだと思う。でも、そのうち一人はだれかの後ろに立っていたんじゃないかな」

話しながら、あたしにも、だんだんそのときの状況《じょうきょう》が見えてきたような気がした。

この鏡《かがみ》は、たしかに大きいけれど、さすがに小学生が五人も同時にならんだら、全員《ぜんいん》をうつしだせるかどうか、わからない。

もちろん、全員《ぜんいん》が自分の姿《すがた》をうつそうと、きちんとならんで足を止めれば話はべつだけど、でも、五人のうち、川口さんたち三人以外《いがい》の二人は知らない子でしょう？　しかも、階段《かいだん》をおりていた。つまり、動《うご》いていたわけで、ぱっと見たとき、一人や二人、うつっていなくても、少しもおかしくないんじゃないかな。

「うーん……。そんなあたりまえなことなのかなぁ？」

川口さん、納得《なっとく》がいかないのか、首をかしげてる。

「怪奇現象《かいきげんしょう》とか心霊現象《しんれいげんしょう》って、よく調《しら》べると、あたりまえなことを、見まちがえたり、かんちがいしただけってこと、多いんだって。拓海先輩《たくみせんぱい》たち、そういってたよ」

「そうかぁ……。そうかもねぇ……」

そういいながらも、鏡《かがみ》にうつった川口さんは、まだ首をかしげてる。

ようし、だったら……。

「川口さん、見てて。あたし、いまから、川口さんの横《よこ》にならぶから」

あたしは、横《よこ》に一歩、ぴょんと移動《いどう》した。

「ほうら、見えなかったはずのあたしの姿《すがた》が……」

「きゃあ！」

いきなり、川口さんの悲鳴《ひめい》があがった。

「い、一条《いちじょう》さん……」

「え？　な、なに？」

「一条《いちじょう》さんの姿《すがた》、鏡《かがみ》にうつってない……」

あたしは、あわてて、鏡《かがみ》に目を向《む》けた。

えええ〜！

あたし、いま、たしかに、川口さんの右側《みぎがわ》に立っているよね。

でも、鏡《かがみ》にうつっているのは、川口さん、一人だけ……。

ど、ど、どういうこと？

「や、やっぱり、この鏡《かがみ》は……」

川口さんが、へなへなとしゃがみこみそうになったとき。

「なんだよ、あれ！」

階段《かいだん》の上のほうから、男の子のさけび声が聞こえた。

ふりかえると、階段《かいだん》のてっぺんに、さっきの男子二人が立っていた。二人とも、紙のように白い顔で、ぼうぜんとしている。

「鏡《かがみ》の前に、二人立ってるのに、一人しかうつってないじゃん……」

「あ、あの人、幽霊《ゆうれい》なんじゃないの……」

かすれるような声でつぶやいた男の子の手から、ぽろりと、サッカーボールがこぼれ落《お》ちた。

タン、タン、タンタン、タンタンタン……。

階段《かいだん》を落《お》ちていくにつれて、ボールのいきおいは、どんどん強くなりながら、まっすぐに、川口さんとあたしのほうに向《む》かってくる。

そして、サッカーボールは、あたしたちのあいだをすりぬけたかと思うと、鏡《かがみ》を直撃《ちょくげき》して……。

ガシャーン！

「きゃあ～！」

ガラスの割《わ》れる音と、川口さんの悲鳴《ひめい》が、静《しず》まりかえった校舎《こうしゃ》に、こだました。

3 必死《ひっし》になる先生たち……

「屋上《おくじょう》でボール遊《あそ》びは禁止《きんし》だったはずですよ！」

鏡《かがみ》の割《わ》れる音を聞きつけて、かけつけた先生が、三年生の男子二人をどなりつけた。

「あ、遊《あそ》んでたんじゃないんです……」

「その人、鏡《かがみ》にうつらなかったから、びっくりして、ボールを落《お》としちゃって
……」

でも、先生は、鏡《かがみ》の破片《はへん》を片《かた》づけたり、なにごとかと集《あつ》まってきた生徒《せいと》たちを追《お》いはらうのに、大いそがし。

「みんな、あぶないから、近づかないように！　それから、だれか、職員室《しょくいんしつ》に

行って、このことを知らせてきてくれないか！」

そんな先生のそばで、川口さんとあたしは、言葉《ことば》も出ず、ただ、ぼうぜんと立ちつくすばかり……。

放課後《ほうかご》だったから、そのときはそれで終《お》わりになったんだけど。

でも、あたしは大ショック……。

ありえないことを、自分の目で見ただけでも、びっくりなのに、よりによって、鏡《かがみ》にうつらなかったのが、あたしだったなんて……。

とにかく、心霊探偵団《ゴーストハンターズ》のみんなに相談《そうだん》したい。聞いてもらいたい。

心の中で、そうつぶやきながら、校門の外に立っていたら、なんと、美湖《みこ》さん、拓海先輩《たくみせんぱい》、そして玄太《げんた》とさくらちゃんが、ほぼ同時に出てきてくれて。

で、あたしの話を聞いたとたん。

「なんだって！」

「なんですって！」

「そんなばかな！」

「ありえないよ～」

その反応《はんのう》に、また、あたしは大ショック。

いままでなら、なにかふしぎな現象《げんしょう》がおきても、だれかしら「それは、こういうことじゃないかな」って、冷静《れいせい》な人がいたはず。

なのに、メンバー全員《ぜんいん》が、ここまでおどろくってことは、これは、とんでもない異常事態《いじょうじたい》なんじゃない？

「と、とにかく、明日、もういちど、その鏡《かがみ》をようく調《しら》べようぜ！」

顔をこわばらせる玄太《げんた》に、美湖《みこ》さんが、きっぱりと首をふった。

「無理《むり》よ。鏡《かがみ》は割《わ》れちゃったんですもの」

「……そ、そうか。あ、でも、破片《はへん》を調《しら》べることはできるだろ」

「いまごろはもう、どこかに捨《す》てられてるわ。生徒《せいと》がケガしたら、たいへんでしょう？」

「だったら、どうすりゃいいんだよ！」

そうしたら、みんな、だまりこくってしまって……。

やっぱり、どうしようもないんだね……。

がっくりと肩《かた》を落《お》とすあたしに気づいたのか、拓海先輩《たくみせんぱい》があわてて作り笑《わら》いをうかべた。

「心配《しんぱい》いらないって、春菜《はるな》。このことは、みんなで解決《かいけつ》してみせるから。みんなも、今日、家に帰ったら、どういう方法《ほうほう》があるか、じっくり考えてきてくれ」

「さくら、おばあちゃんに相談《そうだん》してみるね！」

う、うん、ありがとう、さくらちゃん……。

「春菜《はるな》さん、あんまり気にしちゃだめよ」

美湖《みこ》さんが、やさしく語りかけてくれた。

「おかしいのは、学校の鏡《かがみ》のほうで、春菜《はるな》さんじゃないはずよ」

あたしには、それが、ただのなぐさめにすぎないことは、わかっていた。

でも、こうして、しんけんに心配《しんぱい》してくれるなかまがいるんだと思うだけで、ちょっぴりだけど、心がなごむ。

ううん、ここにいる四人だけじゃない。もう一人、あたしのことを、とっても気づかってくれる人がいる。

その日、家に帰ったあたしは、まっさきにおばあちゃんに手紙を書いた……。


次《つぎ》の日。

登校《とうこう》してみると、学校じゅうが大さわぎになっていた。

「あの人が、鏡《かがみ》にうつらなかった人なんだって……」

昇降口《しょうこうぐち》でくつをはきかえるときも、ろうかを歩くときも、すれちがう人たちが、あたしのことを、ひそひそとうわさしている。

もう広まってるんだ……。

うわさの出所《でどころ》は、まちがいなく、あのとき階段《かいだん》の上にいた、三年生たちにちがいない。

でも、うわさは広がるだけでなく、勝手《かって》に話が大きくなっていって。

「鏡《かがみ》が割《わ》れたの、ほんとうはボールがぶつかったからじゃないらしいよ」

「ひとりでに割《わ》れたんでしょ？　きみが悪《わる》いよねぇ」

「おねえちゃんが教えてくれたんだけどさ、悪魔《あくま》って、鏡《かがみ》にうつらないいんだって」

「え？　じゃあ、あの人、悪魔《あくま》なの？」

ばかばかしい！

あたしは、きりっと、相手《あいて》をにらみつけると、わざと胸《むね》をはって、四年一組の教室に向《む》かって歩いていった。

「一条《いちじょう》さん、だいじょうぶ？」

教室に入ったとたん、学級委員《がっきゅういいん》の村井《むらい》さんが、とんできた。

「みんな、変《へん》なことといってるみたいだけど、ただのうわさでしょ、あんなの？」

ああ、よかった。同じクラスに味方《みかた》がいるって、心強い。

「う、うん。そうだよ。鏡《かがみ》にうつらないなんてこと、あるわけないじゃない」

「だよね～。いっしょにいた川口さんだって、そんなもの、見てないんでしょ？」

村井《むらい》さんが、川口さんをふりかえる。

でも、川口さんは、じっとうつむいたまま、なにもいわない。しかも、にぎりしめたこぶしが、かすかにふるえてる。

すると、そのようすを見ていた男子たちが、さわぎだした。

「やっぱ、ほんとじゃんか！」

「一条《いちじょう》って、呪《のろ》われてるんじゃね？」

な、なんですって？

でも、あたしより先に、村井《むらい》さんがいいかえしてくれた。

「バカなこと、いわないでよ。どこにそんな証拠《しょうこ》があるのよ」

「だって、一条《いちじょう》が転校《てんこう》してきてから、変《へん》な事件《じけん》ばっかり、おこってるだろ？」

「だよな。心霊探偵団《ゴーストハンターズ》なんて、変《へん》なグループもできちゃったしさ」

「だからって、一条《いちじょう》さんのせいだとはいえないでしょ！　おかしいのは、この学校のほうかもしれないじゃないの！」

ちょ、ちょっと、村井《むらい》さん、なにをいいだすの？　あたしをかばってくれるのは、うれしいけど、そんなこといったら、よけいにさわぎが大きくなりかねない……。

「たしかに、村井《むらい》のいうとおりかもしれないぜ」

男子の輪《わ》の中で、声があがった。

「うちの学校の鏡《かがみ》って、いろんな怪談《かいだん》があるんだよな」

「知ってる！　午後五時にトイレの鏡《かがみ》の前に立つと、霊《れい》が現《あらわ》れるってやつだろ？」

「あと、体育館《たいいくかん》のでっかい鏡《かがみ》！　そこを夜のぞくと、剣道着《けんどうぎ》を着《き》て、竹刀《しない》をふりまわす男がうつるらしいぜ。昔《むかし》、そこで剣道《けんどう》の練習《れんしゅう》をしてた人が、帰り道に交通《こうつう》事故《じこ》で死《し》んだんだけど、自分では死《し》んだって気がついてなくて、練習《れんしゅう》にやってくるんだって」

おそれていたとおり、これで、みんなの恐怖心《きょうふしん》に一気に火がついてしまった。

そして、女子までが話に加《くわ》わってきて……。

「ねえ、紫鏡《むらさきかがみ》って知ってる？　女の子が、いたずらで、鏡《かがみ》を紫色《むらさきいろ》の絵の具《ぐ》でぬったら、どうやっても絵の具《ぐ》がとれなくなったって話」

「そうそう。それ以来《いらい》、『紫鏡《むらさきかがみ》』っていう言葉《ことば》を、二十歳《はたち》までおぼえている人はみんな、呪《のろ》われたり、死《し》んじゃったりするんだよ」

「なに、それ！　こわい！」

なにいってるの！　そんなの全国的《ぜんこくてき》に有名《ゆうめい》な、ただの都市伝説《としでんせつ》だよ！

「でもね、『水色の鏡《かがみ》』ってとなえれば、呪《のろ》いをかけられずにすむんだって！」

「そうなんだ！　じゃあ、さっそく、となえようっと！」

それからというもの、一組の教室のあちこちで、水色の鏡《かがみ》、水色の鏡《かがみ》って、まるでお経《きょう》みたいに、くぐもった声があがりはじめた。

それで終《お》わりじゃなかった。二時間目と三時間目のあいだの中休みに、ろうかに出てみたら、どこからどう伝《つた》わったのか、ほかの学年の子たちがみんな、「水色の鏡《かがみ》」って、ぶつぶつとなえてる。

トイレの鏡《かがみ》の前で「水色の鏡《かがみ》」。

階段《かいだん》の鏡《かがみ》の前でも「水色の鏡《かがみ》」。

一年生までが、ろうかの鏡《かがみ》の前を通るとき、「水色の鏡《かがみ》！」って、大声をあげながら、走りぬけていく。

こんな調子《ちょうし》だから、先生方も、だまっていられなくなったらしく……。

「鏡《かがみ》のことで、さわぎになっているみたいだけど、それは、とんだ思いちがいだぞ」

四時間目の理科の授業《じゅぎょう》で、担任《たんにん》の後藤《ごとう》先生が、話しだした。

「みんな、この前出した宿題《しゅくだい》のこと、おぼえてるよね。鏡《かがみ》は、右と左は反対《はんたい》にうつるのに、なぜ、上下はそのままなのか。実《じつ》は、その問題《もんだい》には、昔《むかし》から、たくさんの科学者《かがくしゃ》がとりくんできたんだ。中にはノーベル賞《しょう》を受賞《じゅしょう》するような有名《ゆうめい》な人もいる。でも、いまだにはっきりした答えは出ていない」

そうなの？　それじゃあ、鏡《かがみ》って、科学的《かがくてき》にみても、ふしぎなものなんだ……。

「ところが、最近《さいきん》、おもしろい答えが見つかった。それを、これから話そう。宿《しゅく》題《だい》はなしにしてあげるから、よく聞いてほしい」

後藤《ごとう》先生は、静《しず》まりかえる教室を見まわした。

「左右が逆《ぎゃく》にうつるというのは、ただの思いこみだというものだ」

そういうと、先生は、大きめの手鏡《てかがみ》を出してきた。

あんなことがあったばかりだから、鏡《かがみ》を見るの、ちょっとこわい。ちらっと、川口さんに目をやると、やっぱり、首をすくめてる。

そのあいだに、先生は、手鏡《てかがみ》を右手で持《も》つと、あたしたちに背《せ》を向《む》けた。それから、鏡《かがみ》に向《む》かって、左手でピースのサインをした。

「いま、先生は左手でピースをしてる。ここで質問《しつもん》だ。鏡《かがみ》の中の先生は、どっちの手でピースをしている？」

「右手！」

みんなが、声をそろえて答えると、先生が、あたしたちをふりかえった。

「全員《ぜんいん》、右手っていったな。ところが、ある学者《がくしゃ》のアンケートによると、鏡《かがみ》を見て、左右が逆《ぎゃく》になってると感《かん》じない人が、なんと四十パーセント近くもいるんだそうだ」

「そんなのおかしいよ。鏡《かがみ》の中の先生は、どう見たって右手でピースしてたよな」

「そうだよ。全員《ぜんいん》、そう思ったよ」

さわぎだすみんなに、後藤《ごとう》先生は、大きくうなずいた。

「そう、このクラスでは、百パーセントが、左右が逆《ぎゃく》にうつったという。でも、それは、先生が『鏡《かがみ》の中の先生は？』と聞いたからだ」

どういうこと？

「その質問《しつもん》のせいで、みんなは、鏡《かがみ》の中の先生から見たときのことを考えた。つまりだ、わざわざ無理《むり》して、鏡《かがみ》の中の人の立場になったということだ」

ところが、先生の話では、鏡《かがみ》が左右逆《ぎゃく》にうつすと感《かん》じない人たちは、そうは考えないらしい。

「先生は、鏡《かがみ》に向《む》かって、左手でピースをした。そして、そのますなおに鏡《かがみ》を見れば、ピースをしている手は、やっぱり左側《ひだりがわ》にある。左右は逆転《ぎゃくてん》してなんかいない」

「……うーん」

みんな、顔をしかめてる。

まだ、納得《なっとく》していないみたい。そして、それはあたしも同じ。

すると、先生は、こんどは○が描《か》かれた紙をとりだしてきた。そして、さっきと同じように、あたしたちに背《せ》を向《む》けると、手鏡《てかがみ》に○をうつしてみせた。

「みんな、○は左右、逆《ぎゃく》にうつってるか?」

しーん。

だれも答えないあたしたちを見て、先生は、にっこりとほほえんだ。

「逆《ぎゃく》になってるかどうか、わからないよね。○に、左と右の区別《くべつ》はないものね。つまりだ！　人間は、左右の区別《くべつ》がつくときだけ、都合《つごう》よく、鏡《かがみ》の中で左右が逆《ぎゃく》になったって、いってるだけってことだ。ただの思いこみなんだ」

な、なるほど……。

「たしかに、鏡《かがみ》を見ると、ふしぎに思うことも多い。鏡《かがみ》の向《む》こうにはべつの世界《せかい》があるように感《かん》じることもある。でも、それも、もしそうだったらおもしろそうだな、とか、こわいなとか、あれこれ想像《そうぞう》しただけのことなんだよ」

へえ～。後藤《ごとう》先生、すごい。心霊探偵団《ゴーストハンターズ》の顧問《こもん》になってもらいたいぐらい！

「だから、みんな、鏡《かがみ》のことで、さわぐのはやめたほうがいいぞ。ただの思いこみにふりまわされるなんて、バカバカしいことなんだから」

そうだよ！　うん、そうだよね！

あたしの姿《すがた》が、鏡《かがみ》にうつらなかったのも、きっと、なにかのかんちがい。

たまたま、鏡《かがみ》に光があたったとか、そういうことがおこるかもって、心のどこかで考えていたから、そう見えただけなんだよ。

昼休み。踊《おど》り場《ば》に集合《しゅうごう》した心霊探偵団《ゴーストハンターズ》に、あたしは、後藤《ごとう》先生の話を教えてあげた。

ところが、玄太《げんた》は聞きいれてくれず。

「でも、やっぱり、いちおうは、しっかり調《しら》べたほうがいいぜ」

「そうね。春菜《はるな》さんが、元気になってくれたのはよかったけれど、ここにあった鏡《かがみ》に、ほんとうにおかしな点がないかは、たしかめたほうがいいと思うわ」

美湖《みこ》さんまで……。

「鏡《かがみ》にはね、いろいろないい伝《つた》えがあるの。たとえば……」

「鏡《かがみ》を使《つか》わないときは、ふせたり、布《ぬの》をかぶせたり、鏡台《きょうだい》だったら、とびらをちゃんとしめておいたほうがいい、でしょ？」

さえぎるように、さくらちゃんが声をあげた。

「なんでかっていうと、鏡《かがみ》に魂《たましい》をすいとられちゃうからなんだって。おばあちゃんが、そういってたよ！」

「ええ、そうね。同じ意味《いみ》で、鏡《かがみ》をベッドに向《む》けてはいけない、寝《ね》ているあいだに魂《たましい》をすいとられるから、というのもあるわ」

「反対《はんたい》に、鏡《かがみ》には悪霊《あくりょう》をはねかえす、いい力があるともいうぜ」

玄太《げんた》がいいかえしてきた。

「だから、おなかに赤ちゃんがいる人が、お葬式《そうしき》に行くときは、おなかに鏡《かがみ》を入れておくと、赤ちゃんを悪霊《あくりょう》から守《まも》ることができる、といういい伝《つた》えもあるんだ」

すると、拓海先輩《たくみせんぱい》も、自分もなにかいいたくなったのか、口をはさんできて。

「美湖《みこ》、さっき、ヨーロッパのいい伝《つた》えも、話してくれたよな。鏡《かがみ》は真実《しんじつ》をうつすものだから、幽霊《ゆうれい》は鏡《かがみ》にうつらないって話」

え？

「ちょっとぉ、それじゃあ、まるで、春菜《はるな》ちゃんが幽霊《ゆうれい》みたいじゃない～」

さくらちゃんが、ぎろりと、拓海先輩《たくみせんぱい》をにらんだ。

「い、いや、べつに、そういう意味《いみ》でいったわけじゃないんだ……」

あわてて口をおさえる拓海先輩《たくみせんぱい》を、美湖《みこ》さんも、すかさずフォロー。

「もちろん、どれも迷信《めいしん》よ。後藤《ごとう》先生が話してくれたように、人間の勝手《かって》な思いこみがほとんどだと思うわ。でも、世界《せかい》じゅうで語られているってことは、たまに真実《しんじつ》もまじってるかもしれないっていうだけのことよ」

つまり、やっぱり、あたしも幽霊《ゆうれい》かもしれないってこと？

「そうじゃないって！　この学校になにか、あるかもしれないってことだよ！」

玄太《げんた》が、こわい顔で、あたしをにらみつけた。

「おい、さくら！　昨日《きのう》、ばあちゃんに聞いたこと、話してやれよ」

「うん。あのね、おばあちゃん、この学校には、昔《むかし》から、おかしなところがあるっていってたの」

おかしなところ？　どういうこと？

「なんとなくだけど、悪《わる》い霊気《れいき》が感《かん》じられるって。なにが原因《げんいん》なのか、それが昨日《きのう》の事件《じけん》に関係《かんけい》があるのか、そこまではわからないけど、でも、昔《むかし》も、それを感《かん》じとった人がいたのか、この学校には、ふしぎないい伝《つた》えがあって……」

「その話、いまここでするのは、よくないと思うぞ」

ぎょっとしてふりかえると、階段《かいだん》の下から、灰色《はいいろ》の作業服《さぎょうふく》を着《き》たおじさんが、ゆっくりと上がってくるところだった。

「校務員《こうむいん》のおじさん！」

そう、あたしが転校《てんこう》してきたばかりのころにおきた、げた箱《ばこ》の中の目玉事件《じけん》で、貴重《きちょう》な情報《じょうほう》を教えてくれた人。胸《むね》の名札《なふだ》には『西村《にしむら》』って書いてある。

「きみたち、またふしぎな事件《じけん》に、首をつっこんでるようだね」

いいえ、首をつっこんでるというより、今回はあたしがその当事者《とうじしゃ》なんです。

「なるほど、それで、ここを調《しら》べてるのか。だが、あんまり、はでにかぎまわらないほうがいい。先生方は、こんどのさわぎのことでは、ものすごくピリピリしているからな。ま、それも無理《むり》もないことなんだが……」

どういうことですか？　それ、鏡《かがみ》にまつわるいい伝《つた》えに関係《かんけい》あるんですか？

ところが、西村《にしむら》さんはなにも答えず、鏡《かがみ》があった場所《ばしょ》へと歩いていく。

「いまはもう教室にもどったほうがいいぞ。昼休みも、もう終《お》わりだし、わたしも、新しい鏡《かがみ》を入れる下準備《したじゅんび》をしなくちゃいけないからね」

そういって、道具箱《どうぐばこ》を、壁《かべ》ぎわにおいた。

「興味《きょうみ》があるなら、放課後《ほうかご》、校務員室《こうむいんしつ》に遊《あそ》びにおいで」

4 王免小《おうめんしょう》の鏡《かがみ》の伝説《でんせつ》

そして、放課後《ほうかご》。

校務員室《こうむいんしつ》をおとずれたあたしたちを、西村《にしむら》さんは、笑顔《えがお》でむかえてくれた。

「さあ、入って、入って」

「わーい!」

さくらちゃん、大よろこびで、中へかけこんでいく。

でも、あたしは、びっくりして、足を止めちゃった。

だって、最初《さいしょ》に目にとびこんできたのが、流《なが》し台《だい》。そして、その横《よこ》には、コンロや冷蔵庫《れいぞうこ》、湯《ゆ》わかし器《き》。なんだか、ちょっとレトロな台所《だいどころ》みたいだったからで。

さらに、その奥《おく》の一段《だん》高くなったところに、たたみの部屋《へや》が見えた。

ちょっと黄ばんだたたみが四枚半《まいはん》しいてあって、まん中には丸い木の台がおいてある。その上には、湯《ゆ》のみと急須《きゅうす》。

なんだか、昔《むかし》のドラマの世界《せかい》に迷《まよ》いこんだみたいな、ふしぎな感《かん》じ。

「あははは！　東京の学校には、こんな部屋《へや》は、もうないんだろうなぁ」

西村《にしむら》さんは、笑《わら》いながら、あたしたちをたたみの部屋《へや》にあげてくれた。

「でも、このあたりでも、こんな部屋《へや》があるのは、かなりめずらしいんだぞ。なにしろ、この王免《おうめん》小の建物《たてもの》は、人間でいえば、八十歳《さい》ぐらいだからねぇ」

は、八十歳《さい》？

「建設《けんせつ》されたのが昭和《しょうわ》十一年。西暦《せいれき》でいうと一九三六年だっていうからね。もっと古い小学校は、全国《ぜんこく》にいくらもあるけれど、鉄筋《てっきん》コンクリートの校舎《こうしゃ》としては、かなりめずらしいほうに入るらしい」

そ、そうか……。だから、壁《かべ》があちこちはがれかかってたり、くすんでたりして、おどろおどろしいふんいきなんだ……。

「ここはね、もともとは宿直室《しゅくちょくしつ》だったんだよ」

宿直《しゅくちょく》？

「さくら、知ってる！　先生方が、交替《こうたい》で学校にとまって、警備員《けいびいん》さんみたいなこと、してたんでしょ。おばあちゃんに聞いたことある」

「そう。宿直《しゅくちょく》の先生は、ここで、夕食を食べたり、ふとんをしいて寝《ね》たりしたのさ」

なるほど。それで、台所《だいどころ》もあるんだね。

感心《かんしん》して、あたりを見まわしていると、美湖《みこ》さんが口を開《ひら》いた。

「あのう、西村《にしむら》さんは、ずっと、ここで校務員《こうむいん》をなさっているんですか？」

「ああ、かれこれ、四十五年はたつかな」

四十五年！

「十八歳《さい》のときにここで仕事《しごと》をはじめてから、ずっとな。もちろん、どの先生よりも、ここには長くいるし、当然《とうぜん》、王免小《おうめん》のことはだれよりもくわしいな」

「だから、鏡《かがみ》の話もよく知っている。そうですよね？」

拓海先輩《たくみせんぱい》に水を向《む》けられると、西村《にしむら》さんの顔から、笑《わら》いが消《き》えた。

「うむ。実《じつ》は、昨日《きのう》と今日のさわぎを耳にしたとき、わたしは、ああ、またか、と思ったんだよ」

またか？　ということは、こういうことが、前にもあったんですね。

「一度《ど》じゃない。今回で三度目《どめ》だよ。まあ、聞きなさい」

西村《にしむら》さんは、あぐらをくむと、静《しず》かに語りだした。

王免小《おうめんしょう》では、生徒《せいと》のあいだに、ふしぎな

いい伝《つた》えがあるんだ。

屋上《おくじょう》へ上がる階段《かいだん》の踊《おど》り場《ば》にある鏡《かがみ》。あの鏡《かがみ》の前に立つと、ときどき、姿《すがた》がうつらない人がいる、そして、その人にはかならず不幸《ふこう》がおとずれる、というんだ。

わたしが、最初《さいしょ》にそのいい伝《つた》えを耳にしたのは、もう二十年以上《いじょう》も前のことだ。運動会《うんどうかい》でのことだった。

最後《さいご》に、紅白対抗《こうはくたいこう》リレーが行なわれてね。紅組《あかぐみ》が、大きなリードをたもったまま、バトンはアンカーにわたった。このまま紅組《あかぐみ》の勝《か》ちかと、だれもが思ったときだった。

とつぜん、紅組《あかぐみ》の走者《そうしゃ》が、転《ころ》んでしまってね。それで、白組の大逆転《だいぎゃくてん》。

とまあ、ここまでは、よくある話だ。

ところが、転《ころ》んだ紅組《あかぐみ》の走者《そうしゃ》は、おきあがれなかった。見ると、うでをおさえて泣《な》いている。かわいそうに、うでの骨《ほね》を折《お》ってしまったんだ。

そうしたら、どこからともなく、声があがった。

『やっぱりな。あいつ、鏡《かがみ》にうつらなかったもんな』

運動会《うんどうかい》の三日前、その子が踊《おど》り場《ば》の鏡《かがみ》の前を通りかかったとき、その姿《すがた》が、うつらなかったというんだ。だから、学校じゅうの注目《ちゅうもく》が集《あつ》まるリレーで、勝利《しょうり》を逃《のが》しただけでなく、大ケガまでしてしまったのだと。

うわさは、またたくまに、学校じゅうに広まってね。一年生や二年生の中には、こわがって、登校《とうこう》したがらない子まで現《あらわ》れた。

さすがに先生方も、無視《むし》することができなくなったのか、わたしに、鏡《かがみ》をはずしてほしいといってきたんだ。

それでも、うわさはなかなかおさまらなかった。おかげで、その子はずいぶん肩身《かたみ》のせまい思いをしたらしい。ときどき、泣《な》いていることもあってね、ここで、わたしがなぐさめたことも、一度《ど》や二度《ど》じゃなかったよ。

それでも、五年もすると、その話も忘《わす》れさられた。生徒《せいと》は次々《つぎつぎ》と卒業《そつぎょう》するし、先生方もかわるからね。おぼえているのは、わたしぐらいになった。新しく来た校長先生にいわれて、鏡《かがみ》も、もとにもどしたよ。

それから五年ぐらいは、なにもなかった。ところが、あれは、そう、いまと同じ、五月のことだったな。

六年生の女の子が一人、病気《びょうき》で入院《にゅういん》したことがあった。むずかしい病気《びょうき》のようで、なかなか退院《たいいん》できなくてね。

すると、どこからともなく、また、鏡《かがみ》のいい伝《つた》えがわきあがってきた。

『あの子、踊《おど》り場《ば》の鏡《かがみ》の前を通ったとき、姿《すがた》がうつらなかったらしい』

『だから、病気《びょうき》になっちゃったんだ！』

前と同じように、あっというまに、学校じゅうにうわさが広まった。しかも、その子がなかなか退院《たいいん》してこなかったもんだから、ちびっ子だけでなく、高学年の子どもたちまで、おびえてしまってね。

それでまた、あの鏡《かがみ》をはずすことになった。でも、こんどは、かんたんにうわさは消《き》えなかった。女の子は、とうとう、学校にもどれずじまいだったからね……。

「ええっ！　それじゃあ、その子は死《し》んじゃったんですか！」

あたしはとびあがった。だって、いま、姿《すがた》がうつらなかったのは、あたし。そのうち、病気《びょうき》になって死《し》んじゃうなんて、ぜったいいやだもの！

「ばかなことをいいなさんな。たまたま、退院《たいいん》が卒業式《そつぎょうしき》にまにあわなかっただけさ。その後、すっかり元気になって、いまじゃ、りっぱな大人。何ヶ月か前、街《まち》でばったり会ったけれど、バリバリのキャリアウーマンとかいうのに、なってたよ」

よ、よかった……。

「ただね、先生方は、鏡《かがみ》のうわさを消《け》すのに、ずいぶんと苦労《くろう》したんだよ。このことは、その後、赴任《ふにん》してきた先生方にも、伝《つた》えられた。だから、今回のさわぎのことでも、先生方は、必死《ひっし》になって、生徒《せいと》を落《お》ちつかせようとしているというわけだ」

「それで、西村《にしむら》さんは、どう思うんですか？　踊《おど》り場《ば》の鏡《かがみ》にうつらなかった人は、かならず不幸《ふこう》になるっていういい伝《つた》え、信《しん》じますか？」

拓海先輩《たくみせんぱい》に聞かれて、西村《にしむら》さんは、まゆげをびくっと動《うご》かした。

「信《しん》じる？　とんでもない！　ただの迷信《めいしん》、というか、学校の怪談《かいだん》ってやつだよ」

「でも、西村《にしむら》さんは、実際《じっさい》に、さわぎを体験《たいけん》されているじゃないですか」

「だから、信《しん》じないのさ。考えてもごらん、順番《じゅんばん》が逆《ぎゃく》だろ？」

逆《ぎゃく》？

「鏡《かがみ》に姿《すがた》がうつらなかった子が、そのあとで、ケガをしたり、病気《びょうき》になったのなら、いい伝《つた》えも、ほんとかもしれない。でも、実際《じっさい》はちがう。リレーで転《ころ》んだり、入院《にゅういん》したりしたあとで、『そういえば、あの子は鏡《かがみ》にうつらなかった』といってるだけだ」

そこで、美湖《みこ》さんが口をはさんだ。

「つまり、原因《げんいん》と結果《けっか》が逆《ぎゃく》になってるということですね」

「きみは、なかなかするどいことをいうね。そうそう、そういうこと。原因《げんいん》と結《けっ》果《か》が入れかわってるんだよ」

「でも、それなら、どうして、西村《にしむら》さんは、わざわざ、そんな話を、わたしたちに聞かせてくれたんですか？」

「……きみは、ほんとうに頭のいい子のようだね」

西村《にしむら》さん、すうっと目を細めて、美湖《みこ》さんを見つめた。

「そう、ほんとうに、きみたちに話したかったのはそこなんだよ。なにしろ、こんどのことは、いままでと、少し、いや、だいぶ話がちがうからね」

「こんどは、順番《じゅんばん》が逆《ぎゃく》じゃない、ってことでしょ？」

それまで、ずっとだまっていた玄太《げんた》が、ぽつりといった。

「おお、赤松《あかまつ》のところの坊主《ぼうず》も、さえてるな」

え？　西村《にしむら》さん、玄太《げんた》と知りあいなの？

「ああ、赤松《あかまつ》のじいさんとは、王免《おうめん》小に通っていたころからの、先輩後輩《せんぱいこうはい》の関係《かんけい》だからね。まあ、そんなことはともかく……」

西村《にしむら》さんは、あたしをじっと見つめた。

「玄太《げんた》のいうとおり、一条《いちじょう》さん、きみの場合は、いままでとはちがう。ケガや病《びょう》気《き》が先にあって、あとから『そういえば、あの子は鏡《かがみ》にうつっていなかったよね』というんじゃない。鏡《かがみ》のさわぎが先におきている。だから、わたしは心配《しんぱい》なんだ。このあと、きみになにかあったら、踊《おど》り場《ば》の鏡《かがみ》のいい伝《つた》えが、ほんとうになってしまう」

た、たしかに……。

「わたしも、もういい年だ。あと、二年もしたら、校務員《こうむいん》の仕事《しごと》も引退《いんたい》するつもりだ。それまでに、こんなバカないい伝《つた》えは、完全《かんぜん》に消《き》えてもらいたい。それには、きみに、がんばってもらいたいんだよ」

でも、がんばるって、いったいどうすれば……。

「学校じゅうのみんなに、春菜《はるな》さんが無事《ぶじ》に毎日をすごしていることを、見せればいいのよ」

美湖《みこ》さん……。

「そういうことだ。ことわざの『論《ろん》より証拠《しょうこ》』じゃないが、こういうことは、先生方が、『そんなバカなことはない』『ただの思いこみだ、迷信《めいしん》だ』と、口うるさくいうより、実際《じっさい》になにもおきないことを、証明《しょうめい》したほうが、効《き》きめがあるんだ」

西村《にしむら》さん、ずっと、あたしから目をそらそうとしない。しかも、目じりにしわのよったやさしい目をしているのに、その視線《しせん》は、ひどくしんけん。

「一条《いちじょう》さん。わたしは、鏡《かがみ》にうつらなかったのが、きみでよかったと思っている。いや、ほんとうに、そんな現象《げんしょう》があったと信《しん》じているわけじゃないよ。たぶん、目の錯覚《さっかく》かなにかだろう。でも、とにかく、きみは、このさわぎの、まっただ中にいる」

はい……。

「まわりの目を気にしたり、びくびくしたりしないで、毎日を堂々《どうどう》とすごすのは、なかなかたいへんなはずだ。でも、一条《いちじょう》さんなら、できると思うぞ。わたしにはわかるんだ。なんというか、きみには独特《どくとく》の力が……」

とつぜん、西村《にしむら》さんは口ごもると、こまったように目をそらした。

どうしたんだろ。いったい、なにをいおうとして、やめたんだろ……。

一瞬《いっしゅん》、静《しず》まりかえった校務員室《こうむいんしつ》に、拓海先輩《たくみせんぱい》の大きな声がひびきわたった。

「だいじょうぶですよ！　おれたちがついてますから！」

「おお、そうだな。オカルト探偵団《たんていだん》とやらにまかせておけば、安心《あんしん》だな」

すかさず、さくらちゃんが、いいかえした。

「ちがうよ、心霊探偵団《ゴーストハンターズ》だよっ」

「ああ、そうだったな。それに、さくらちゃんのとこには、亀《かめ》ばあさんもいるしな」

亀《かめ》ばあさん？　あ、拝《おが》み屋《や》さんのおばあちゃんのこと？

西村《にしむら》さんって、いろんな人と知りあいなんだね。

「そりゃあ、わたしは、ここで生まれ育《そだ》ったんだからね。王免《おうめん》小のことはもちろん、この街《まち》のことなら、たいていのことは知ってるさ」

西村《にしむら》さんの顔が、いつのまにか、やさしい校務員《こうむいん》のおじさんにもどってる。

「さあ、帰った、帰った。明日の土曜は授業《じゅぎょう》がない日だろ？　今日のことなんか、きれいさっぱり忘《わす》れて、元気に遊《あそ》ぶといい」


それから、二十分後。

あたしは、一人で家に向《む》かって歩いていた。

なんだか、ほっとしたような、でも、やっぱり、もやもやするような、変《へん》な気分……。

拓海《たくみ》先輩《せんぱい》たちは、『春菜《はるな》、心配《しんぱい》はいらないからな』って、口々にいってくれたんだけどね。でも、なんか、引っかかる。

あたしの姿《すがた》が、鏡《かがみ》にうつらなかったの、ほんとに、ただの思いこみなのかな？

それに、西村《にしむら》さんが、あたしを見つめたときの、あのしんけんな目つき。

そして、なにか、いいかけて、やめたこと……。

「ま、いいや。くよくよ考えていても、しょうがないよ！」

あたしは、自分をふるいたたせるように、わざと声に出していうと、玄関《げんかん》に手をかけた。

「ただいまぁ！　……あれ？」

かぎがかかってる。ママ、買い物《もの》にでも、出かけたのかな。

「……ああ、やだなぁ」

かぎのことじゃない。それなら、いつも持《も》ちあるいてる。

そうじゃなくて、よりによって、こんな変《へん》なことがあった日に、一人で家にいなくちゃいけないってこと。

はあっと、ため息《いき》をつきながら、ポケットから、かぎをとりだした。

かぎが、カチャッと、音をたてる。

中に入ったとたん、もわっと、生あたたかい空気に包《つつ》まれた。カーテンをぜんぶしめきっているせいか、まだ午後四時にもなってないのに、ぼんやりとうす暗《ぐら》い。

「ただいまぁ……」

だれもいないのはわかっていながら、あたしが声をはりあげたとき。

ふと、すぐ横《よこ》で、人影《ひとかげ》が動《うご》いたような気がした。

「わっ！　な、なに！」

そこにいたのは、『あたし』だった。

大きな姿見《すがたみ》。そこに、ランドセルを背《せ》おった、あたしがうつっている。

「バ、バカみたい。ここに鏡《かがみ》があるの、わかってるくせに」

自分で自分を笑《わら》いながら、あらためて、姿見《すがたみ》を見つめた。

あたし、ちゃんとうつってる。

となると、やっぱり、学校の鏡《かがみ》のことは、思いこみか、目の錯覚《さっかく》だったんだね。

そう思って、体をひねって、階段《かいだん》を上がろうとしたところで、足が止まった。

なにかが、おかしかった。

いま、あたしは、階段《かいだん》のほうに体を向《む》けている。だから、鏡《かがみ》にうつるのは、半分背中《せなか》を向《む》けた姿《すがた》のはず。なのに……。

鏡《かがみ》にうつっているのは、正面《しょうめん》を向《む》いたままの『あたし』。

鏡《かがみ》の中で、両手《りょうて》をだらんとたらして、まっすぐに、こちらを見つめる『あたし』。

ど、どうして！　なんで、あたしと同じように動《うご》かないの！

ぞっとした。全身《ぜんしん》に寒気《さむけ》が走って、息《いき》が止まりそうになった。

さけびたかった。思いっきり、悲鳴《ひめい》をあげたかった。

でも、のどに、なにかが引っかかったような感《かん》じで、かすれた声すら出ない。

それどころか、体も動《うご》かなかった。足は床《ゆか》にすいついたみたいで、前にも後ろにも行けず、うす暗《ぐら》いろうかに、ぼうぜんと立ちつくすばかり。

そんなあたしを、鏡《かがみ》の中の『あたし』が、じっと見つめている。

それから、とつぜん、口が動《うご》いた。
まず、丸く口が開《ひら》いた。それから、横《よこ》にのびて、また、口を丸く開《ひら》く……。
なにか、いってる……。あたしに、なにかを伝《つた》えようとしてるんだ……。
口は、ゆっくりと、でも、確実《かくじつ》にとじたり、開《ひら》いたりをつづけている。
なにをいってるのか、わからない。わかりたくもない。
だって、こわくて、こわくて……。
ピロロロロ
「うわぁ！」
あたしは、とびあがった。
「な、なに？　なんの音？」
ピロロロロ　ピロロロロ
電話だ……。リビングで、電話が鳴ってる……。
ママかも……。それとも、美湖《みこ》さんかも……。

だれでもいい、とにかく、だれかの声が聞きたい。助《たす》けをもとめたい！

そう思ったとたん、金しばりにあったように、ぴくりとも動《うご》かなかった体が、自由《じゆう》になっていることに気がついた。

あたしは、ダッシュで、リビングへとびこむと、受話器《じゅわき》をつかんだ。

「……もしもし？」

すぐに返事《へんじ》はなかった。でも、切れたわけでもなさそうだった。

風の音なのか、波《なみ》の音なのか、ざーっという音が聞こえる。そのあいまに、かすかに、息《いき》をすったり、はいたりする音も。

「もしもし？　一条《いちじょう》ですけど……」

「……あ、し、た」

受話器《じゅわき》の向《む》こうから、声がした。いまにも消《き》えいりそうな、女の子の声。

「え？」

「……あ、し、た」

この声、聞きおぼえがある……。それも、よく耳にする声……。

「がっこうの……、かがみの……、まえに、きて……」

〈明日、学校の鏡《かがみ》の前に来て〉

その瞬間《しゅんかん》、だれの声なのか、思いあたった。

あたしだ……。でも、このあたしじゃない。

『鏡《かがみ》の中のあたし』が、しゃべっているんだ。

さっき、鏡《かがみ》の中で、あたしに向《む》かって、口を動《うご》かしていたこと。

それを、電話で伝《つた》えてきたんだ……。

「いやぁー！」

うす暗《ぐら》いリビングで、あたしは声のかぎりにさけんでいた。

5 春《は》菜《る》が選《えら》ばれた!?

「春《は》菜《るな》ぁ〜。春《は》菜《るな》ぁ〜」
ママの声がする……。あたしのことを、よんでる……。
でも、どこで?
というか、あたしは、いま、どこにいるんだろ。目の前はまっ暗《くら》だし……。
あ、ここ、ベッドの中か……。
そうだった。あたし、あの電話のあと、自分の部屋《へや》に逃《に》げこんだんだっけ。
そして、頭から、ふとんをすっぽりとかぶって……。
そうか、あたし、そのまま、ねむっちゃったんだ。
トントントンと、階段《かいだん》を上がってくる足音がする。それから、ガチャッとドアが開《あ》いた。

「春菜《はるな》、どうしたの！　具合《ぐあい》でも悪《わる》いの？」

ママが、目を丸くしている。

ううん、そうじゃないの。玄関《げんかん》の姿見《すがたみ》の中にあたしが現《あらわ》れて、それから電話で
あたしに向《む》かって……。

もちろん、そんなことはいわなかった。だって、信《しん》じてもらえるはずないもの。

「……なんか、つかれちゃって、ちょっと横《よこ》になったら、寝《ね》ちゃったみたい」

ママは、ほうっとため息《いき》をついた。

「ああ、そう。それなら、いいけど。おやつ食べたいなら、下にあるわよ」

そういって、部屋《へや》を出ようとしたところで、ママが足を止めた。

「そうそう。おばあちゃんから、また手紙が来てたから、机《つくえ》の上においておくね」

え？　おばあちゃんから？

がばっと、おきだしたあたしを見て、ママが顔をしかめた。

「前にもいったけど、占《うらな》いなんて、まともに信《しん》じちゃだめよ」

そういって、ママは階段《かいだん》をおりていく。

「いちど、お母さんにいわなくちゃ。春菜《はるな》に変《へん》なことふきこまないでって……」

ママのひとりごとが遠ざかっていくのを聞きながら、あたしは、封筒《ふうとう》を開《あ》けた。

いつもと同じ、三枚《まい》の便《びん》せんに、極太《ごくぶと》の鉛筆《えんぴつ》で書いた、まっ黒な文字がならんでいた。

春菜《はるな》へ
またまた、おばあちゃんの占《うらな》いがあたったようだね。
とはいえ、いきなり、とてつもなく不運《ふうん》なめにあったようだけど。
そこで、おばあちゃん、どうすべきか、占《うらな》ってあげたよ。
・いまの春菜《はるな》
カード『吊《つる》し人』の逆位置《ぎゃくいち》。

意味《いみ》　『いま、あなたは、どうしていいか、わからない』
・これから、どうすべきか
カード　『戦車《せんしゃ》』
意味《いみ》　『逃《に》げるな。戦《たたか》え』
・未来《みらい》の春菜《はるな》
カード　『審判《しんぱん》』
意味《いみ》　『新しいあなたに生まれ変《か》わり、世界《せかい》がちがって見えるだろう』

どうやら、ぶるぶるふるえている場合じゃないようだね。

こわいのはわかるけれどね。こんどばかりは「人生、逃《に》げるが勝《か》ち」ってわけにはいきそうもない。

逃《に》げまわっていても、なにも変《か》わらない。

いっとくけど、「変《か》わらない」っていうのは、いいことじゃないよ。おばあちゃんみたいな年よりはともかく、春菜《はるな》みたいに未来《みらい》が広がる小学生にとって、「いまのまま止まっている」ということは、「いまより悪《わる》くなる」ってことなんだ。

だいじょうぶ、春菜《はるな》はおばあちゃんの孫《まご》。スーパー霊能力者《れいのうりょくしゃ》アフロディーテ・スワンの霊力《れいりょく》も、分けてあげてるんだから。

それに、亀《かめ》さんにも、連絡《れんらく》をしておいたから、きっと助《たす》けてくれるはず。

だから、がんばるんだよ。きっと、新しい春菜《はるな》に生まれ変《か》われるから。

松平《まつだいら》つる

たしかに、『いまの春菜《はるな》』っていうの、思いっきり、あたってる。

でも、だからって、『戦《たたか》え』って……。

それに、どうやって戦《たたか》うのか、わからないし。

また、鏡《かがみ》の前に立って、あんなこわいめにあえっていうの？

いくら、現《あらわ》れるのが『あたし』でも、分身《ぶんしん》みたいに、勝手《かって》に動《うご》いたり、しゃべったりするの、おそろしすぎる。
それに、電話のあの声。思い出すだけで、ふるえてくる。でも……。
『こわいのはわかるけれどね。ここはしっかり立ち向《む》かうんだよ』
『逃《に》げまわっていても、なにも変《か》わらない』
変《か》わらないってことは、いまより悪《わる》くなる……。
それはこまるよ。いま、あたしの立場だって、じゅうぶん、ひどいんだから。
『だから、がんばるんだよ。きっと、新しい春菜《はるな》に生まれ変《か》われるから』
新しいあたしかぁ。ちょっぴりだけど、わくわくするような気も……。
いや、でもなぁ……。
「春菜《はるな》ぁ～。電話よ～」
階段《かいだん》の下から、ママの声がした。
電話？　ま、まさか、また『鏡《かがみ》の中のあたし』が、かけてきたんじゃ……。
「王免《おうめん》小学校の二宮《にのみや》さんだって！」

拓海先輩《たくみせんぱい》！　な、なんだろ、いったい！

あたしは部屋《へや》をとびだすと、階段《かいだん》をかけおりた。

「二宮《にのみや》さんって、だぁれ？　ボーイフレンド？」

にやにやするママを無視《むし》して、あたしは受話器《じゅわき》をつかんだ。

「もしもし？」

「あ、春菜《はるな》？　明日の朝十時、学校に来られないか？」

「学校に？　なんでですか？」

「さっき、美湖《みこ》や玄太《げんた》と話したんだけど、新しい鏡《かがみ》のこと、もういちど調《しら》べようってことになったんだ」

これから先、あたしには、なんの不幸《ふこう》もおとずれないことを、学校のみんなに証明《しょうめい》しなくちゃならない。そのためにも、心霊探偵団《ゴーストハンターズ》として、新しい鏡《かがみ》に、おかしな現象《げんしょう》がおこらないことをたしかめておきたい。拓海先輩《たくみせんぱい》は、そういった。

「だからさ、もし、明日、ほかに予定《よてい》がなければ、春菜《はるな》にも来てもらいたいと思って」

……そうか。みんな、あたしのこと、心配《しんぱい》してくれてるんだね。

『逃《に》げまわっていても、なにも変《か》わらない』

おばあちゃんの手紙が、頭の中によみがえった。

そうだよ。みんなも応援《おうえん》してくれているんだもの、あたし、逃《に》げてる場合じゃないよね。

「……もしもし？　春菜《はるな》？　聞こえてるか？」

受話器《じゅわき》の向《む》こうで、拓海先輩《たくみせんぱい》が大きな声をあげている。

「あ、はい！　わかりました！　明日の十時ですね。行きます！」


朝十時。やわらかな日ざしがさしこむ校舎《こうしゃ》は、ねむっているようにおだやかだった。

土曜日の校庭開放《こうていかいほう》を利用《りよう》して、練習《れんしゅう》をする少年野球《しょうねんやきゅう》のチームの声が、ろうかや階段《かいだん》に、ぼんやりとこだましている。

「おっ、ぴっかぴかの鏡《かがみ》が、入ってるぞ！」

屋上《おくじょう》へつづく階段《かいだん》を見あげた玄太《げんた》が、声をはりあげた。

「西村《にしむら》さんって、なんでも修理《しゅうり》できちゃうんだな。びっくりだよ」

感心《かんしん》する拓海先輩《たくみせんぱい》の横《よこ》で、美湖《みこ》さんは、あたしを心配《しんぱい》そうに見つめてきた。

「春菜《はるな》さん、だいじょうぶ？」

「え？　あ、だ、だいじょうぶです……」

「でも、そうは見えないけど？」

昨日《きのう》、家の姿見《すがたみ》でおきたことは、みんなにはまだ話してなかった。だって、みんなが、せっかくなんでもないってことを証明《しょうめい》してくれようとしているのに、あたしの分身《ぶんしん》みたいなものが鏡《かがみ》の中に現《あらわ》れたなんていったら、よけいに心配《しんぱい》させちゃうような気がして。

「ほんとにだいじょうぶです。あ、そんなことより、さくらちゃんは？」

玄太《げんた》が、あたしをふりかえった。

「ばあちゃんといっしょに、あとで来るってよ」

ばあちゃんって、亀《かめ》さんのこと？

「プロの拝《おが》み屋《や》さんにお祓《はら》いしてもらえば、完《かん》ぺきだろ？」

拓海先輩《たくみせんぱい》はそういって笑《わら》うと、階段《かいだん》を上がりはじめた。

そのあとに、玄太《げんた》、美湖《みこ》さん、そしてあたしがつづく。

「さてと、まずは四人で、鏡《かがみ》の前にならんでみようか」

あたしたちは、くもりひとつない、ぴかぴかの新品《しんぴん》の鏡《かがみ》の前にならんだ。

「おお、ちゃんと全員《ぜんいん》、うつってるな。って、あたりまえだけど」

満足《まんぞく》そうな拓海先輩《たくみせんぱい》のとなりで、玄太《げんた》が鏡《かがみ》の前に、両手《りょうて》をかざしている。

「とくに、変《へん》な霊気《れいき》も感《かん》じないぜ」

「それじゃあ、こんどは、春菜《はるな》さん、一人で立ってみて」

美湖《みこ》さんが、また、あたしをじっと見つめた。

なんだか、急《きゅう》にこわくなってきた。

またうつらなかったらどうしよう。ううん、それよりなにより、また、鏡《かがみ》の中に、べつの『あたし』が現《あらわ》れたら……。

で、でも、逃《に》げちゃいけない。おばあちゃんのタロットカードに、『戦車《せんしゃ》』が出たように、あたしは戦《たたか》わなくちゃいけないんだよ。

「春菜《はるな》さん？」

心配《しんぱい》そうな目を向《む》ける美湖《みこ》さんに、あたしは大きくうなずいた。

「はい。立ってみます」

拓海先輩《たくみせんぱい》たち三人が、すっと横《よこ》に移動《いどう》する。そして、あたしはもういちど、鏡《かがみ》の前に足をふみだした。

鏡《かがみ》の中にも、あたしがうつった。まず右足、つぎに左足。それから、全身《ぜんしん》。すべて、あたしの動《うご》いたとおりに、うつってる。

「うん、まったく問題《もんだい》なし！」

拓海先輩《たくみせんぱい》が、あたしに向《む》かってうなずく。

あたしもほっとして、うなずいたときだった。

「あぁっ！」

「ど、どうした、春菜《はるな》！」

「う、動《うご》いてない……。春菜《はるな》さん、うなずいたのに、鏡《かがみ》の中の春菜《はるな》さんは、うなずかなかった！」

ええっ、ま、また……。

おどろいたあたし、思わず鏡《かがみ》を指《ゆび》さしていた。

でも、鏡《かがみ》の中のあたしは、両手《りょうて》をだらんとたらしたまま……。

「ど、ど、どうなってるんだ……」

心霊探偵団《ゴーストハンターズ》のリーダーのくせに、いちばんこわがりやの拓海先輩《たくみせんぱい》が、ぺたんと、床《ゆか》にしりもちをついた。

美湖《みこ》さんも玄太《げんた》も、口をあんぐりと開《あ》けたまま、あっけにとられてる。

「き、昨日《きのう》も、こうだったの……。家の姿見《すがたみ》に、あたしの姿《すがた》をうつしたときも、鏡《かがみ》の中のあたしが、こうして、じっと動《うご》かずに、見つめてきて……」

「どうして、そのことをいわなかったの！」

美湖《みこ》さん、まっ青《さお》な顔をひきつらせている。

「これはドッペルゲンガーよ！」

「そ、それはいったいなんなんだ、美湖《みこ》……」

「分身《ぶんしん》です！　本人がいるところとは、まったくべつの場所《ばしょ》に現《あらわ》れることもあるんですが、それならまだいいんです。でも、それを自分の目で見てしまうと……」

見てしまうと？

「命《いのち》を落《お》とすといわれてるの。その日のうちか、あるいは、近いうちに……」

え……。それじゃあ、あたし、死《し》んじゃうの？

ってことは、やっぱり、王免小《おうめんしょう》のいい伝《つた》えはほんとうだったんだ。

屋上《おくじょう》へつづく階段《かいだん》の踊《おど》り場《ば》。そこにある鏡《かがみ》にうつらなかった人には、かならず不幸《ふこう》がおとずれる。

あたしは、死《し》ぬことで、それを証明《しょうめい》することになるんだ……。

「んなわけないだろっ！」

玄太《げんた》が大声を出した。

「ここは日本なんだ！　どこの国の心霊現象《しんれいげんしょう》だか知らないけど、そんなもの、関係《かんけい》ない。これは、ムジナだ！」

ムジナ？

「アナグマだよ。タヌキみたいでもあり、ハクビシンみたいでもあり、とにかく動物《どうぶつ》だ。でも、ただの動物《どうぶつ》じゃないぜ。ムジナは、どんなものにでも変身《へんしん》できる妖怪《ようかい》でもあるんだ。つまり、この鏡《かがみ》の中にはムジナがいて、春菜《はるな》に変身《へんしん》して、こわがらせているんだよ！」

玄太《げんた》は、一人でまくしたてると、あたしの前に立ちはだかった。

「ここは、おれの出番だぜ。退散呪文《たいさんじゅもん》をとなえてやる！　オンベイシラマンダヤソワカ！　オンベイシラ……」

「玄太《げんた》、やめとき！」

踊《おど》り場全体《ばぜんたい》に、大きな声がひびきわたった。

ふりかえると、階段《かいだん》の下に、二つの人影《ひとかげ》が見える。

「さくら！　そ、それに亀《かめ》ばあちゃん！」

ええっ？　それじゃあ、この人が、拝《おが》み屋《や》さんの亀《かめ》さん……。

背中《せなか》を丸めた小さなおばあさんが、さくらちゃんに手を引かれて、ゆっくりと階段《かいだん》を上がってくる。

紺色《こんいろ》の地味《じみ》な着物《きもの》に、白いかっぽう着《ぎ》。後ろできゅっとまとめた髪《かみ》はまっ白。

どこから見ても、いなかのおばあちゃんって感《かん》じ。

でも、鏡《かがみ》を見あげる目つきは、息《いき》をのむほど、するどい。

「それはムジナでもなきゃ、ドッペルなんとかっちゅう、わけのわからんもんでもない」

亀《かめ》ばあちゃんは、そういうと、あたしに目を向《む》けた。

「あんたが、つるさんのお孫《まご》さんかい？」

しわに囲《かこ》まれた目の光が、ちょっぴりやわらかくなった。

「は、はい……。一条春菜《いちじょうはるな》です……」

「そうかい。つるさんから聞いていた以上《いじょう》に、あんたには霊力《れいりょく》があるようだね」

え？

「それが、この学校にねむる霊《れい》たちを、目ざめさせたようだ」

「そ、それじゃあ、これは……」

拓海先輩《たくみせんぱい》が、腰《こし》をぬかしたまま、たずねると。

「まあ地縛霊《じばくれい》のようなものだ。それが、春菜《はるな》ちゃんの姿《すがた》を借《か》りて、現《あらわ》れたようだ」

じ、地縛霊《じばくれい》？　で、でも、あたし、そんなものにたたられるようなこと、なにもしてないんだけど……。

「悪《わる》さをしようというんじゃない。あんたを見こんで、伝《つた》えたいことがあるんだろうよ」

霊《れい》があたしに伝《つた》えたいことがあるですって！　いったいなにを！

「それは、これから聞いてみようじゃないか。わたしの体を使《つか》ってね」

「お、おばあさま、そんなことができるんですか？」

美《み》湖《こ》さん、鏡《かがみ》の中の、あたしの姿《すがた》をした霊《れい》と、亀《かめ》ばあちゃんとを、こわごわ見くらべている。

「わたしは拝《おが》み屋《や》だよ。霊《れい》の声を聞くのは、仕事《しごと》の一つだよ」

亀《かめ》ばあちゃんは、あたりまえのようにいうと、鏡《かがみ》の前に立った。

「さくら。ばあちゃんの手をにぎっていておくれ。この世《よ》とのつながりがないと、霊《れい》の世界《せかい》にすいこまれてしまうかもしれないからね」

「うん、わかった！」

さくらちゃん、こわがりもせず、亀《かめ》ばあちゃんの手をにぎってる。

すると、亀《かめ》ばあちゃんは、すっと目をとじると、ぶつぶつとなにか、となえはじめた。

いったい、これから、なにがおきるんだろ……。

息《いき》をのんで、しばらく見つめていると、美湖《みこ》さんが、あっと、声をあげた。

「か、鏡《かがみ》の中の春菜《はるな》さんの口が、動《うご》いてる……」

「そ、そんなばかな……」

拓海先輩《たくみせんぱい》が、顔を引きつらせながら、はげしく首をふっている。

でも、あたしはもうおどろかなかった。だってこれ、昨日《きのう》見たのと同じだもの。

いま、鏡《かがみ》の中のあたしの口は、横《よこ》にのびたり、丸くなったりしている。そして
……。

「……一条春菜《いちじょうはるな》よ」

亀《かめ》ばあちゃんの口から、声がもれた。

「……おまえにたのみがある」

その声は少し低《ひく》いけれど、まぎれもなく、亀《かめ》ばあちゃんの声。でも、話し方は、似《に》ても似《に》つかない。

そして、こぼれだす言葉《ことば》は、鏡《かがみ》の中のあたしの口の動《うご》きと、ぴったりいっしょ。

そうか！　これ、亀《かめ》ばあちゃんがしゃべってるんじゃなくて、鏡《かがみ》の中のあたし、
いいえ、地縛霊《じばくれい》が、亀《かめ》ばあちゃんの体を借《か》りて、あたしに話しかけてるんだ！

「……ここには、邪悪《じゃあく》な力がたちこめている」

ここ？　それって、王免小《おうめんしょう》のこと？　邪悪《じゃあく》って、いったいなに？

「……その邪悪《じゃあく》な力は、おまえがここに来たことに怒《おこ》っている。そして、おまえをおそれている。そのために、これからここで、さまざまな災《わざわ》いがおこるだろう」

災《わざわ》い？　この学校で、なにか悪《わる》いことがおこるわけ？　あたしが転校《てんこう》してきたせいで？

わ、わけがわからないよ。どうして、あたしのせいなの？

でも、亀《かめ》ばあちゃんの体を借《か》りた地縛霊《じばくれい》は、勝手《かって》に話しつづけている。

「……が、おまえには、邪悪《じゃあく》な力に勝《か》つ霊力《れいりょく》がある。だから、戦《たたか》え」

戦《たたか》う？　あ、あたしが？

「……邪悪《じゃあく》な力を打《う》ちたおし、地に封《ふう》じこめられたわたしたちを、助《たす》けてくれ」

助《たす》けるって……。それって、地縛霊《じばくれい》が、あたしに助《たす》けをもとめてるってこと……。

思わず、鏡《かがみ》に目をやると、鏡《かがみ》の中のあたしと、目が合った。

丸い大きな目が、じいっとあたしを見つめている。無表情《むひょうじょう》なのに、そこに、なにかすがるような光が宿《やど》っているような気がした。

「……わたしたちは、長いあいだ、おまえのような者《もの》を待《ま》っていた。だから、たのむ……」

鏡《かがみ》の中のあたしが、かすかにうなずいた。と思ったら……。

くるっと、背《せ》を向《む》けた。それから、ゆっくりと、鏡《かがみ》の奥《おく》に向《む》かって、歩いていく。

その後ろ姿《すがた》が、少しずつ、でも、確実《かくじつ》に小さくなっていき……。

「き、消《き》えた……」

うめくように、玄太《げんた》がつぶやいた。そのとなりで、拓海先輩《たくみせんぱい》があわあわしている。

「でも、どうして……。地縛霊《じばくれい》なら、おれが感《かん》じるはずなのに……」

それをさえぎるように、美湖《みこ》さんがつぶやいた。

「きっと、ただの地縛霊《じばくれい》じゃないのよ」

美湖《みこ》さん……。

「拓海先輩《たくみせんぱい》も、玄太《げんた》くんも、いっていたでしょう？　この王免小《おうめんしょう》には、たしかに霊気《れいき》が感《かん》じられるって。ここには、思いもよらない霊《れい》がいるのかも」

「そういうことのようだね」

ふりかえると、亀《かめ》ばあちゃんが、しわだらけの顔で、笑《わら》っていた。

「おまえたちが、心霊探偵団《ゴーストハンターズ》とやらを作ったのも、ぐうぜんではなかったようだ」

それじゃあ、あたしたちが集《あつ》まったのも、あの地縛霊《じばくれい》がよびよせたとでもいうんですか？

すると、亀《かめ》ばあちゃんは、小首をかしげて。

「さあ、そこまでは、わたしにもわからん。だが……」

亀《かめ》ばあちゃんが、あたしをじっと見つめた。

「あんたを中心に、みんなで、邪悪《じゃあく》な力とやらに、立ち向《む》かわなければならないということだけは、たしかだね」

あたしを中心に……。邪悪《じゃあく》な力に立ち向《む》かう……。

「心配《しんぱい》はいらない。あんたには、つるさんから、分けあたえられた、強い霊力《れいりょく》がある。それを信《しん》じ、それを使《つか》えばいいだけのことだ」

「だいじょうぶだよ、春菜《はるな》ちゃん！」

いきなり、さくらちゃんが、大きな声をあげた。

「あたしたちがついてるもん！　それに、おばあちゃんも、力を貸《か》してくれるし！　そうでしょ、おばあちゃん？」

「まあね。どうしようもないときは、よんでおくれ。でも、あまり、こきつかわんでおくれよ。わたしも、もう年だからね。ふぉふぉふぉふぉ！」

亀《かめ》ばあちゃんは、笑《わら》いながら、さくらちゃんの手をとった。

「さて、帰るとするか。あとは心霊探偵団《ゴーストハンターズ》にまかせたよ。春菜《はるな》ちゃんも、しっかりね！」
い、いや、いきなりそんなこといわれても……。
ああ、いったい、これから、どうなるの？
あたしは、どうしたらいいわけ？
もう、東京に帰りたいよ……。

（『心霊《しんれい》探偵《たんてい》ゴーストハンターズ③』につづく）

上月さくらの 心霊用語♪ワンポイント講座

流《なが》し雛《びな》

平安時代《へいあんじだい》のころ、唐《とう》の国《くに》(昔《むかし》の中国《ちゅうごく》)から伝《つた》わったもの。有名《ゆうめい》な紫式部《むらさきしきぶ》の『源氏物語《げんじものがたり》』—「須磨《すま》の巻《まき》」に出《で》てくるほど、歴史《れきし》が古《ふる》い！江戸時代《えどじだい》には、女《おんな》の子《こ》が人形遊《にんぎょうあそ》びをする「雛遊《ひなあそ》び」ができて「雛《ひな》のお祓《はら》い」と合《あ》わせて今《いま》の「ひな祭《まつ》り」になったそうだよ。

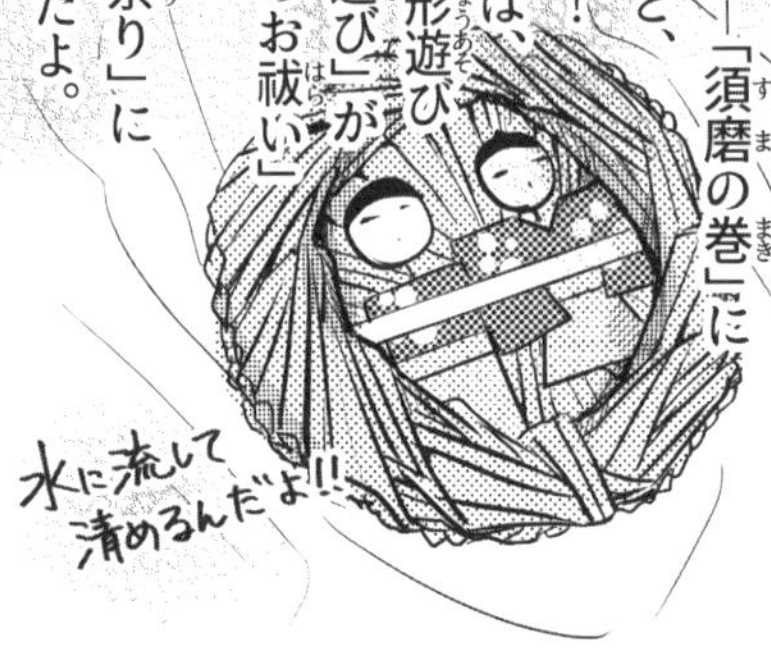

インカ帝国《ていこく》のエケコ人形《にんぎょう》

涙《なみだ》を流《なが》すマリア像《ぞう》

紫《むらさき》の鏡《かがみ》
これは有名《ゆうめい》な都市伝説《としでんせつ》
「紫《むらさき》の鏡《かがみ》」「パープルミラー」という言葉《ことば》を二十歳《はたち》までおぼえていると不幸《ふこう》になる、死《し》んじゃう、結婚《けっこん》できないとかおそろしいことが起《お》こるって
でもね
「水色《みずいろ》の鏡《かがみ》」「白《しろ》い水晶《すいしょう》」という言葉《ことば》をおぼえておくと
不幸《ふこう》にならない、幸《しあわ》せになるといわれているのでだいじょうぶ！
水色《みずいろ》の鏡《かがみ》
白《しろ》い水晶《すいしょう》
心配《しんぱい》ご無用《むよう》！だよ
うむ
さくらはだいじょうぶだな
よかったわ

ドッペルゲンガー
最後《さいご》に紹介《しょうかい》するドッペルゲンガー
これは自分《じぶん》自身《じしん》の姿《すがた》を、自分《じぶん》で見《み》ること
もとはドイツ語《ご》で、英語《えいご》ではダブルっていうんだって
英語
double《ダブル》
日本《にほん》でも「分身《ぶんしん》」「影法師《かげぼうし》」と呼《よ》ばれていて……
その姿《すがた》が自由《じゆう》に動《うご》くと…
おいさくら…何そのコワイ話…
まってくれ!心のじゅんびが…

不吉《ふきつ》だと恐《おそ》れられたらしいの…!!
!!
あらあら
おっ先ぱいのお約束だね
とっても不思議《ふしぎ》な現象《げんしょう》なので、昔《むかし》から、神話《しんわ》、伝説《でんせつ》に描《えが》かれているんだけど
まさか、春菜《はるな》ちゃんが……!
ううん、ぜったいだいじょうぶ!
というわけで、拓海先輩《たくみせんぱい》がとっても怖《こわ》がっているけれど
というか気絶?
次回《じかい》もまだまだ続《つづ》きます♡
さくらがんばります!!
第《だい》3巻《かん》もよろしくね!!
主人公はあたし!!

人形と鏡《かがみ》はこわい！

石崎洋司

心霊探偵《しんれいたんてい》ゴーストハンターズの第《だい》二巻《かん》、いかがでしたか？

今回のオカルト現象《げんしょう》は、人形と鏡《かがみ》でした。

実《じつ》はこの二つ、ぼく自身《じしん》が、こわい、というか、とてもふしぎに思っているものなんです。

とくに人形はこわいです。

ずいぶん前になりますが、夜おそく、家に帰ったことがありました。帰り道のとちゅうに、マンションがあるんですが、そのそばを通ったとき、だれかに見られているような気がしました。

でも、まわりには、だれもいません。車も通らず、あたりはしーんと静《しず》まりかえっています。

（気のせいかな……）

気をとりなおして、通りすぎようとしたときです。

マンションのわきにある、ゴミの集積場《しゅうせきじょう》に目がとまりました。そこに、粗大《そだい》ゴミが、山と積《つ》みあげられていました。そして、そのゴミの山のてっぺんに、人の形をした、小さな影《かげ》がありました。

（こっちを見つめてる……。ぼくを、まっすぐに、じっと見つめてる……）

そう思ったのと同時に、二つの目が、きらりと光りました。

「うわっ！」

思わず、逃《に》げだそうとしたとき、気づきました。それがフランス人形だと。

では、それで、ぼくがほっとしたかというと、そうではありません。それが、ただの人形だとわかったあとも、心臓《しんぞう》のどきどきはおさまりませんでした。

うすよごれたドレス、おかしな方向《ほうこう》にまがったうで、すすけた白い顔……。

人形は、通りがかりのぼくに向《む》かって、捨《す》てられた悲《かな》しみを、全身《ぜんしん》を使《つか》って、うったえかけているようにしか思えなかったのです。

こんなふうに、人形をただの「物《もの》」として見られない人は、昔《むかし》もいまも、おおぜいいます。人形の髪《かみ》がのびるとか、勝手《かって》に動《うご》きだすなど、人形にまつわる怪談《かいだん》も、根強《ねづよ》く語られています。人形を捨《す》てるとき、ほんの一瞬《いっしゅん》でも、迷《まよ》ってしまうという人も、少なくないのではないでしょうか。

今回のお話の中でも紹介《しょうかい》したように、もともと、日本人にとって、人形はおもちゃではなく、人間の身代《みが》わりになって、けがれを祓《はら》ってくれるものでした。

そういう考えは、いまではすっかり忘《わす》れられかけています。それなのに、わたしたちは、人形には、ほかのおもちゃとちがった、特別《とくべつ》な思いを抱《いだ》いてしまう。それは、昔《むかし》の人々の「記憶《きおく》」のようなものが、わたしたちの心のどこかに根強《ねづよ》く残《のこ》っているからなのかもしれません。

同じことが、鏡《かがみ》にもいえます。

大昔《おおむかし》の人々は、鏡《かがみ》は魂《たましい》をうつすとか、鏡《かがみ》に魂《たましい》を吸《す》いこまれるなど、特別《とくべつ》な思いを抱《いだ》いていました。鏡《かがみ》を、神《かみ》さまのように信仰《しんこう》することもありました。

でも、わたしたちは、そんなことは少しも考えません。鏡《かがみ》は、どこにでもある、とても身近《みぢか》な道具《どうぐ》で、自分の姿《すがた》がうつることを、ふしぎとも思いません。

それなのに「鏡《かがみ》の奥《おく》には、べつの世界《せかい》があるのかも」、そう思った瞬間《しゅんかん》、急《きゅう》に気持《きも》ちが落《お》ちつかなくなります。「合《あ》わせ鏡《かがみ》」の中に、無数《むすう》にうつる自分を見ると、なんだか気持《きも》ちが悪《わる》くなってきます。「手鏡《てかがみ》は伏《ふ》せておきなさい」とか「鏡台《きょうだい》はきちんとしめなさい」というお年よりも、たくさんいます。

「心霊現象《しんれいげんしょう》」や「怪談《かいだん》」という言葉《ことば》を耳にしただけで、「バカバカしい！」と、笑《わら》う人がいます。たしかに、むやみにこわがるのは、考えものです。

でも「非科学的《ひかがくてき》」と、バカにするのもおかしいと、ぼくは思います。「心霊現《しんれいげん》象《しょう》」に目を向《む》けることは、わたしたちの住《す》む世界《せかい》の歴史《れきし》や、遠い昔《むかし》の先祖《せんぞ》たちの考えに、思いをはせることにも、つながるのではないでしょうか。

作者紹介　石崎洋司

東京都出身。3月生まれの魚座。児童書作家、翻訳家として活躍中。主な作品に「黒魔女さんが通る!!」シリーズ、『世界の果ての魔女学校』(以上、講談社)「マジカル少女レイナ」シリーズ、『伊勢物語』『太平記』『平家物語』(以上、岩崎書店)など多数。訳書に『クロックワークスリー』(講談社)、『さよならをいえるまで』「少年弁護士セオの事件簿」シリーズ、「フットボール・アカデミー」シリーズ(以上、岩崎書店)など。

画家紹介　かしのき彩

関西出身。9月生まれの天秤座。イラストレーター。地道にイラスト関連のお仕事や、趣味に没頭する。音楽鑑賞が趣味で、気になるアーティストのライヴにしばしば足を運ぶ。身体を動かすのも好き。

心霊探偵ゴーストハンターズ②

遠足も教室もオカルトだらけ！

2017年 5 月31日　第1刷発行

作者　石崎洋司

画家　かしのき彩

発行者　岩崎夏海

発行所　株式会社岩崎書店

〒112-0005　東京都文京区水道1-9-2

電話　03(3812)9131(営業)

03(3813)5526(編集)

振替　00170-5-96822

装丁　城所潤

印刷・製本　三美印刷株式会社

ISBN 978-4-265-01432-3　NDC913

224P　19cm × 13cm

Published by IWASAKI Publishing Co., Ltd.

Printed in Japan

落丁本・乱丁本は小社負担でお取り替えいたします。

E-mail:hiroba@iwasakishoten.co.jp

岩崎書店 HP:http://www.iwasakishoten.co.jp